STS
山田社

STS
山田社

STS
山田社

STS

山田社

山田社日檢書 ここまでやる、だから合格できる 竭盡所能，所以絕對合格

附贈 MP3

絕對合格 全攻略！

新制日檢

必背 かならずあんしょう 必出 かならずでる 文法 N4

吉松由美・西村惠子・大山和佳子・
山田社日檢題庫小組◎合著

前言

preface

秒記文法心智圖＋瞬間回憶關鍵字＋
直擊考點全真模擬考題＋「5W+1H」細分使用狀況
最具權威日檢金牌教師，竭盡所能，濃縮密度，
讓您學習效果再次翻倍！

《絕對合格 全攻略！新制日檢 N4 必背必出文法》百分百全面日檢學習對策，讓您制勝考場：

★「以一帶十機能分類」幫您歸納，腦中文法不再零亂分散，概念更紮實，學習更精熟！
★「秒記文法心智圖」圖解文法考試重點，像拍照一樣，一看就記住！
★「瞬間回憶關鍵字」濃縮文法精華成膠囊，考試瞬間打開記憶寶庫。
★「5W+1H」細分使用狀況，絕對貼近日檢考試，高效學習不漏接！
★ 類義文法用法辨異，掃清盲點，突出易混點，高分手到擒來！
★ 小試身手分類題型立驗學習成果，加深記憶軌跡！
★ 必勝全真模擬試題，直擊考點，全解全析，100% 命中考題！

本書提供 100%全面的文法學習對策，讓您輕鬆取證，致勝考場！特色有：

100%分類　「以一帶十機能分類」，以功能化分類，快速建立文法體系！

書中將文法機能進行分類，按許可、意志、判斷、可能、變化、理由、條件、受身…等共 12 章節，幫您歸納，以一帶十，把零散的文法句型系統列出，讓學習更有效果，文法概念更為紮實，學習更為精熟。

100%秒記　「秒記文法心智圖」圖解文法考試重點，像拍照一樣，一看就記住！

本書幫您精心整理超秒記文法心智圖，透過有效歸納、整理的關鍵字及圖表，讓您學習思維在一夕間蛻變，讓您學習思考化被動為主動。

化繁為簡的「心智圖」中，「放射狀聯想」讓記憶圍繞在中央的關鍵字，不偏離主題；「群組化」利用關鍵字，來分層、分類，讓記憶更有邏輯；「全體檢視」可以讓您不遺漏也不偏重某項目。這樣自然能夠將文法重點，長期的停留在腦中，像拍照一樣，達到永久記憶的效果。

100%濃縮

「瞬間回憶關鍵字」濃縮文法精華成膠囊，考試瞬間打開記憶寶庫！

文法解釋為什麼總是那麼抽象又複雜，每個字都讀得懂，但卻很難讀進腦袋裡？本書貼心在每項文法解釋前加上「關鍵字」，也就是將大量資料簡化的「重點字句」，去蕪存菁濃縮文法精華成膠囊，幫助您以最少時間就能輕鬆抓住重點，刺激聯想，進而達到長期記憶的效果！有了這項記憶法寶，絕對讓您在考試時瞬間打開記憶寶庫，高分手到擒來！

100%細分

「5W+1H」細分使用狀況，絕對貼近日檢考試，高效學習不漏接！

學習日語文法，要讓日文像一股活力，打入自己的體內，就要先掌握文法中的人事時地物（5W+1H）等要素，了解每一項文法、文型，是在什麼場合、什麼時候、對誰使用、為何使用，這樣學文法就能慢慢跳脫死記死背的方式，進而變成一個真正屬於您且實用的知識！

因此，書中將所有符合 N4 文法程度的 5 個 W 跟 1 個 H 等使用狀況細分出來，並列出相對應的例句，讓您看到考題，答案立即選出！

100%辨異

類義文法用法辨異，掃清盲點，突出易混點，高分手到擒來！

書中每項文法，還特別將難分難解刁鑽易混淆的文法項目，用「比一比」的方式進行整理、歸類，並分析易混淆文法間的意義、用法、語感、接續…等的微妙差異。讓您在考場中不必再「左右為難」「一知半解」，一看題目就能迅速找到答案，一舉拿下高分！

100%實戰

立驗成果文法小練習，身經百戰，成功自然手到擒來！

每個單元後面，先附上文法小練習，幫助您在學習完文法概念後，「小試身手」一下！提供您豐富的實戰演練，當您身經百戰，成功自然手到擒來！

必勝全真模擬試題，直擊考點，全解全析，100% 命中考題！

每單元最後又附上，金牌日檢教師以專業與實力精心撰寫必勝模擬試題，試題完整掌握新制日檢出題傾向，並參考國際交流基金和及財團法人日本國際教育支援協會對外公佈的，日本語能力試驗文法部分的出題標準。最後並作了翻譯及直擊考點的解題分析！讓您可以即時演練、即時得知解題技巧，就像有個貼身日語教師幫您全解全析，帶您 100% 命中考題！

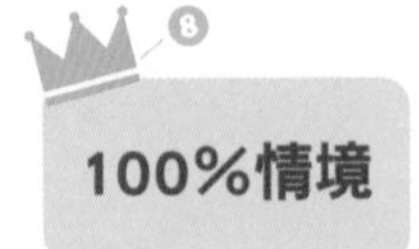

日籍教師親自錄音，發音、語調、速度都力求符合新日檢考試情境！

書中所有日文句子，都由日籍教師親自錄音，發音、語調、速度都要求符合 N4 新日檢聽力考試情境，讓您一邊學文法，一邊還能熟悉 N4 情境的發音，這樣眼耳並用，為您打下堅實基礎，全面提升日語力！

目錄

contents

N4 JLPT

N4 JLPT

新「日本語能力測驗」概要

JLPT

一、什麼是新日本語能力試驗呢

1. 新制「日語能力測驗」

從2010年起實施的新制「日語能力測驗」（以下簡稱為新制測驗）。

1－1　實施對象與目的

新制測驗與舊制測驗相同，原則上，實施對象為非以日語作為母語者。其目的在於，為廣泛階層的學習與使用日語者舉行測驗，以及認證其日語能力。

1－2　改制的重點

改制的重點有以下四項：

1　測驗解決各種問題所需的語言溝通能力

新制測驗重視的是結合日語的相關知識，以及實際活用的日語能力。因此，擬針對以下兩項舉行測驗：一是文字、語彙、文法這三項語言知識；二是活用這些語言知識解決各種溝通問題的能力。

2　由四個級數增為五個級數

新制測驗由舊制測驗的四個級數（1級、2級、3級、4級），增加為五個級數（N1、N2、N3、N4、N5）。新制測驗與舊制測驗的級數對照，如下所示。最大的不同是在舊制測驗的2級與3級之間，新增了N3級數。

N1	難易度比舊制測驗的1級稍難。合格基準與舊制測驗幾乎相同。
N2	難易度與舊制測驗的2級幾乎相同。
N3	難易度介於舊制測驗的2級與3級之間。（新增）
N4	難易度與舊制測驗的3級幾乎相同。
N5	難易度與舊制測驗的4級幾乎相同。

＊「N」代表「Nihongo（日語）」以及「New（新的）」。

3　施行「得分等化」

由於在不同時期實施的測驗，其試題均不相同，無論如何慎重出題，每次測驗的難易度總會有或多或少的差異。因此在新制測驗中，導入「等化」的計分方式後，便能將不同時期的測驗分數，於共同量尺上相互比較。因此，無論是在什麼時候接受測驗，只要是相同級數的測驗，其得分均可予以比較。目前全球幾種主要的語言測驗，均廣泛採用這種「得分等化」的計分方式。

4　提供「日本語能力試驗Can-do自我評量表」（簡稱JLPT Can-do）

為了瞭解通過各級數測驗者的實際日語能力，新制測驗經過調查後，提供「日本語能力試驗Can-do自我評量表」。該表列載通過測驗認證者的實際日語能力範例。希望通過測驗認證者本人以及其他人，皆可藉由該表格，更加具體明瞭測驗成績代表的意義。

1－3　所謂「解決各種問題所需的語言溝通能力」

我們在生活中會面對各式各樣的「問題」。例如，「看著地圖前往目的地」或是「讀著說明書使用電器用品」等等。種種問題有時需要語言的協助，有時候不需要。

為了順利完成需要語言協助的問題，我們必須具備「語言知識」，例如文字、發音、語彙的相關知識、組合語詞成為文章段落的文法知識、判斷串連文句的順序以便清楚說明的知識等等。此外，亦必須能配合當前的問題，擁有實際運用自己所具備的語言知識的能力。

舉個例子，我們來想一想關於「聽了氣象預報以後，得知東京明天的天氣」這個課題。想要「知道東京明天的天氣」，必須具備以下的知識：「晴れ（晴天）、くもり（陰天）、雨（雨天）」等代表天氣的語彙；「東京は明日は晴れでしょう（東京明日應是晴天）」的文句結構；還有，也要知道氣象預報的播報順序等。除此以外，尚須能從播報的各地氣象中，分辨出哪一則是東京的天氣。

如上所述的「運用包含文字、語彙、文法的語言知識做語言溝通，進而具備解決各種問題所需的語言溝通能力」，在新制測驗中稱為「解決各種問題所需的語言溝通能力」。

新制測驗將「解決各種問題所需的語言溝通能力」分成以下「語言知識」、「讀解」、「聽解」等三個項目做測驗。

語言知識	各種問題所需之日語的文字、語彙、文法的相關知識。
讀　解	運用語言知識以理解文字內容，具備解決各種問題所需的能力。
聽　解	運用語言知識以理解口語內容，具備解決各種問題所需的能力。

作答方式與舊制測驗相同，將多重選項的答案劃記於答案卡上。此外，並沒有直

接測驗口語或書寫能力的科目。

2. 認證基準

新制測驗共分為N1、N2、N3、N4、N5五個級數。最容易的級數為N5，最困難的級數為N1。

與舊制測驗最大的不同，在於由四個級數增加為五個級數。以往有許多通過3級認證者常抱怨「遲遲無法取得2級認證」。為因應這種情況，於舊制測驗的2級與3級之間，新增了N3級數。

新制測驗級數的認證基準，如表1的「讀」與「聽」的語言動作所示。該表雖未明載，但應試者也必須具備為表現各語言動作所需的語言知識。

N4與N5主要是測驗應試者在教室習得的基礎日語的理解程度；N1與N2是測驗應試者於現實生活的廣泛情境下，對日語理解程度；至於新增的N3，則是介於N1與N2，以及N4與N5之間的「過渡」級數。關於各級數的「讀」與「聽」的具體題材（內容），請參照表1。

■表1 新「日語能力測驗」認證基準

	級數	認證基準 各級數的認證基準，如以下【讀】與【聽】的語言動作所示。各級數亦必須具備為表現各語言動作所需的語言知識。
↑ 困難 *	N1	能理解在廣泛情境下所使用的日語 【讀】・可閱讀話題廣泛的報紙社論與評論等論述性較複雜及較抽象的文章，且能理解其文章結構與內容。 ・可閱讀各種話題內容較具深度的讀物，且能理解其脈絡及詳細的表達意涵。 【聽】・在廣泛情境下，可聽懂常速且連貫的對話、新聞報導及講課，且能充分理解話題走向、內容、人物關係、以及說話內容的論述結構等，並確實掌握其大意。
	N2	除日常生活所使用的日語之外，也能大致理解較廣泛情境下的日語 【讀】・可看懂報紙與雜誌所刊載的各類報導、解說、簡易評論等主旨明確的文章。 ・可閱讀一般話題的讀物，並能理解其脈絡及表達意涵。 【聽】・除日常生活情境外，在大部分的情境下，可聽懂接近常速且連貫的對話與新聞報導，亦能理解其話題走向、內容、以及人物關係，並可掌握其大意。
	N3	能大致理解日常生活所使用的日語 【讀】・可看懂與日常生活相關的具體內容的文章。 ・可由報紙標題等，掌握概要的資訊。 ・於日常生活情境下接觸難度稍高的文章，經換個方式敘述，即可理解其大意。 【聽】・在日常生活情境下，面對稍微接近常速且連貫的對話，經彙整談話的具體內容與人物關係等資訊後，即可大致理解。

＊容易↓	N4	能理解基礎日語 【讀】・可看懂以基本語彙及漢字描述的貼近日常生活相關話題的文章。 【聽】・可大致聽懂速度較慢的日常會話。
	N5	能大致理解基礎日語 【讀】・可看懂以平假名、片假名或一般日常生活使用的基本漢字所書寫的固定詞句、短文、以及文章。 【聽】・在課堂上或周遭等日常生活中常接觸的情境下，如為速度較慢的簡短對話，可從中聽取必要資訊。

＊N1最難，N5最簡單。

3. 測驗科目

新制測驗的測驗科目與測驗時間如表2所示。

■ 表2　測驗科目與測驗時間＊①

級數	測驗科目（測驗時間）				
N1	語言知識（文字、語彙、文法）、讀解（110分）		聽解（60分）	→	測驗科目為「語言知識（文字、語彙、文法）、讀解」；以及「聽解」共2科目。
N2	語言知識（文字、語彙、文法）、讀解（105分）		聽解（50分）	→	
N3	語言知識（文字、語彙）（30分）	語言知識（文法）、讀解（70分）	聽解（40分）	→	測驗科目為「語言知識（文字、語彙）」；「語言知識（文法）、讀解」；以及「聽解」共3科目。
N4	語言知識（文字、語彙）（30分）	語言知識（文法）、讀解（60分）	聽解（35分）	→	
N5	語言知識（文字、語彙）（25分）	語言知識（文法）、讀解（50分）	聽解（30分）	→	

N1與N2的測驗科目為「語言知識（文字、語彙、文法）、讀解」以及「聽解」共2科目；N3、N4、N5的測驗科目為「語言知識（文字、語彙）」、「語言知識（文法）、讀解」、「聽解」共3科目。

由於N3、N4、N5的試題中，包含較少的漢字、語彙、以及文法項目，因此當與N1、N2測驗相同的「語言知識（文字、語彙、文法）、讀解」科目時，有時會使某幾道試題成為其他題目的提示。為避免這個情況，因此將「語言知識（文字、語彙、文法）、讀解」，分成「語言知識（文字、語彙）」和「語言知識（文法）、讀解」施測。

＊①：聽解因測驗試題的錄音長度不同，致使測驗時間會有些許差異。

4. 測驗成績

4－1　量尺得分

舊制測驗的得分，答對的題數以「原始得分」呈現；相對的，新制測驗的得分以「量尺得分」呈現。

「量尺得分」是經過「等化」轉換後所得的分數。以下，本手冊將新制測驗的「量尺得分」，簡稱為「得分」。

4－2　測驗成績的呈現

新制測驗的測驗成績，如表3的計分科目所示。N1、N2、N3的計分科目分為「語言知識（文字、語彙、文法）」、「讀解」、以及「聽解」3項；N4、N5的計分科目分為「語言知識（文字、語彙、文法）、讀解」以及「聽解」2項。

會將N4、N5的「語言知識（文字、語彙、文法）」和「讀解」合併成一項，是因為在學習日語的基礎階段，「語言知識」與「讀解」方面的重疊性高，所以將「語言知識」與「讀解」合併計分，比較符合學習者於該階段的日語能力特徵。

■ 表3　各級數的計分科目及得分範圍

級數	計分科目	得分範圍
N1	語言知識（文字、語彙、文法） 讀解 聽解	0～60 0～60 0～60
	總分	0～180
N2	語言知識（文字、語彙、文法） 讀解 聽解	0～60 0～60 0～60
	總分	0～180
N3	語言知識（文字、語彙、文法） 讀解 聽解	0～60 0～60 0～60
	總分	0～180
N4	語言知識（文字、語彙、文法）、讀解 聽解	0～120 0～60
	總分	0～180
N5	語言知識（文字、語彙、文法）、讀解 聽解	0～120 0～60
	總分	0～180

各級數的得分範圍，如表3所示。N1、N2、N3的「語言知識（文字、語彙、文法）」、「讀解」、「聽解」的得分範圍各為0～60分，三項合計的總分範圍是0～180分。「語言知識（文字、語彙、文法）」、「讀解」、「聽解」各占總分的比例是1：1：1。

N4、N5的「語言知識（文字、語彙、文法）、讀解」的得分範圍為0～120分，「聽解」的得分範圍為0～60分，二項合計的總分範圍是0～180分。「語言知識（文字、語彙、文法）、讀解」與「聽解」各占總分的比例是2：1。還有，「語言知識（文字、語彙、文法）、讀解」的得分，不能拆解成「語言知識（文字、語彙、文法）」與「讀解」二項。

除此之外，在所有的級數中，「聽解」均占總分的三分之一，較舊制測驗的四分之一為高。

4－3 合格基準

舊制測驗是以總分作為合格基準；相對的，新制測驗是以總分與分項成績的門檻二者作為合格基準。所謂的門檻，是指各分項成績至少必須高於該分數。假如有一科分項成績未達門檻，無論總分有多高，都不合格。

新制測驗設定各分項成績門檻的目的，在於綜合評定學習者的日語能力，須符合以下二項條件才能判定為合格：①總分達合格分數（＝通過標準）以上；②各分項成績達各分項合格分數（＝通過門檻）以上。如有一科分項成績未達門檻，無論總分多高，也會判定為不合格。

N1～N3及N4、N5之分項成績有所不同，各級總分通過標準及各分項成績通過門檻如下所示：

級數	總分		分項成績					
			言語知識（文字・語彙・文法）		讀解		聽解	
	得分範圍	通過標準	得分範圍	通過門檻	得分範圍	通過門檻	得分範圍	通過門檻
N1	0～180分	100分	0～60分	19分	0～60分	19分	0～60分	19分
N2	0～180分	90分	0～60分	19分	0～60分	19分	0～60分	19分
N3	0～180分	95分	0～60分	19分	0～60分	19分	0～60分	19分

級數	總分		分項成績			
			言語知識（文字・語彙・文法）・讀解		聽解	
	得分範圍	通過標準	得分範圍	通過門檻	得分範圍	通過門檻
N4	0～180分	90分	0～120分	38分	0～60分	19分
N5	0～180分	80分	0～120分	38分	0～60分	19分

※上列通過標準自2010年第1回(7月)【N4、N5為2010年第2回(12月)】起適用。

缺考其中任一測驗科目者，即判定為不合格。寄發「合否結果通知書」時，含已應考之測驗科目在內，成績均不計分亦不告知。

4－4　測驗結果通知

依級數判定是否合格後，寄發「合否結果通知書」予應試者；合格者同時寄發「日本語能力認定書」。

■ N1, N2, N3

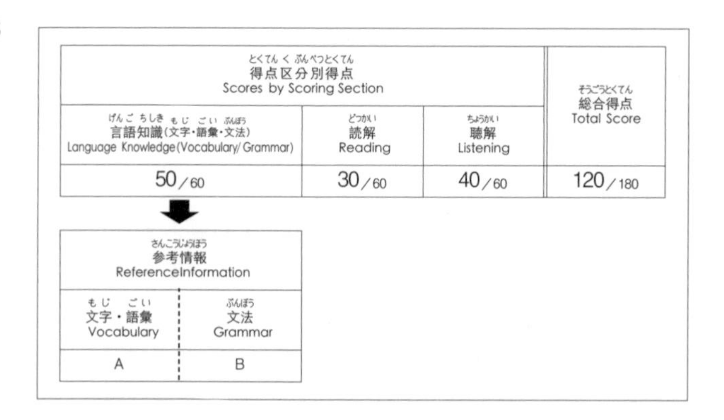

得点区分別得点 Scores by Scoring Section			総合得点 Total Score
言語知識（文字・語彙・文法） Language Knowledge(Vocabulary/ Grammar)	読解 Reading	聴解 Listening	
50／60	30／60	40／60	120／180

参考情報 ReferenceInformation	
文字・語彙 Vocabulary	文法 Grammar
A	B

■ N4, N5

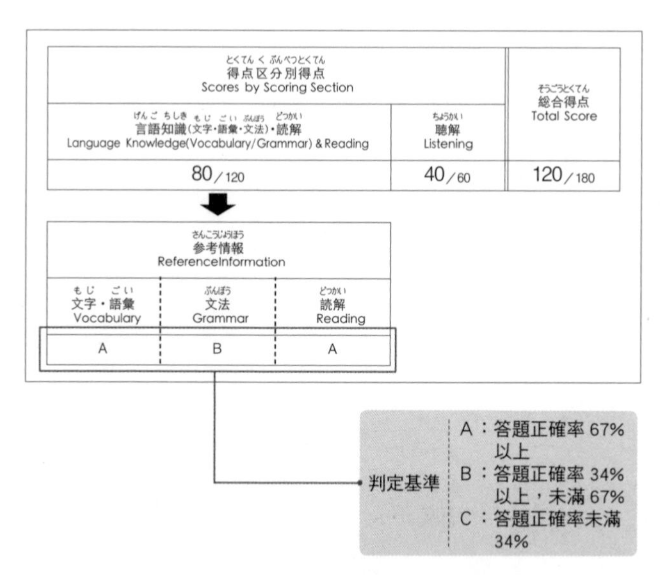

得点区分別得点 Scores by Scoring Section		総合得点 Total Score
言語知識（文字・語彙・文法）・読解 Language Knowledge(Vocabulary/Grammar) & Reading	聴解 Listening	
80／120	40／60	120／180

参考情報 ReferenceInformation		
文字・語彙 Vocabulary	文法 Grammar	読解 Reading
A	B	A

※各節測驗如有一節缺考就不予計分，即判定為不合格。雖會寄發「合否結果通知書」但所有分項成績，含已出席科目在內，均不予計分。各欄成績以「*」表示，如「**／60」。
※所有科目皆缺席者，不寄發「合否結果通知書」。

N4 題型分析

測驗科目（測驗時間）		試題內容				
		題型			小題題數＊	分析
語言知識（30分）	文字、語彙	1	漢字讀音	◇	9	測驗漢字語彙的讀音。
		2	假名漢字寫法	◇	6	測驗平假名語彙的漢字寫法。
		3	選擇文脈語彙	○	10	測驗根據文脈選擇適切語彙。
		4	替換類義詞	○	5	測驗根據試題的語彙或說法，選擇類義詞或類義說法。
		5	語彙用法	○	5	測驗試題的語彙在文句裡的用法。
語言知識、讀解（60分）	文法	1	文句的文法1（文法形式判斷）	○	15	測驗辨別哪種文法形式符合文句內容。
		2	文句的文法2（文句組構）	◆	5	測驗是否能夠組織文法正確且文義通順的句子。
		3	文章段落的文法	◆	5	測驗辨別該文句有無符合文脈。
	讀解＊	4	理解內容（短文）	○	4	於讀完包含學習、生活、工作相關話題或情境等，約100~200字左右的撰寫平易的文章段落之後，測驗是否能夠理解其內容。
		5	理解內容（中文）	○	4	於讀完包含以日常話題或情境為題材等，約450字左右的簡易撰寫文章段落之後，測驗是否能夠理解其內容。
		6	釐整資訊	◆	2	測驗是否能夠從介紹或通知等，約400字左右的撰寫資訊題材中，找出所需的訊息。
聽解（35分）		1	理解問題	◇	8	於聽取完整的會話段落之後，測驗是否能夠理解其內容（於聽完解決問題所需的具體訊息之後，測驗是否能夠理解應當採取的下一個適切步驟）。
		2	理解重點	◇	7	於聽取完整的會話段落之後，測驗是否能夠理解其內容（依據剛才已聽過的提示，測驗是否能夠抓住應當聽取的重點）。
		3	適切話語	◆	5	於一面看圖示，一面聽取情境說明時，測驗是否能夠選擇適切的話語。
		4	即時應答	◆	8	於聽完簡短的詢問之後，測驗是否能夠選擇適切的應答。

＊「小題題數」為每次測驗的約略題數，與實際測驗時的題數可能未盡相同。此外，亦有可能會變更小題題數。

＊有時在「讀解」科目中，同一段文章可能會有數道小題。

＊符號標示：「◆」舊制測驗沒有出現過的嶄新題型；「◇」沿襲舊制測驗的題型，但是更動部分形式；「○」與舊制測驗一樣的題型。

資料來源：《日本語能力試驗JLPT官方網站：分項成績・合格判定・合否結果通知》。2016年1月11日，取自：http://www.jlpt.jp/tw/guideline/results.html

本書使用說明

Point 1 秒記文法心智圖

有效歸納、整理的關鍵字及圖表，讓您學習思維在一夕間蛻變，思考化被動為主動！

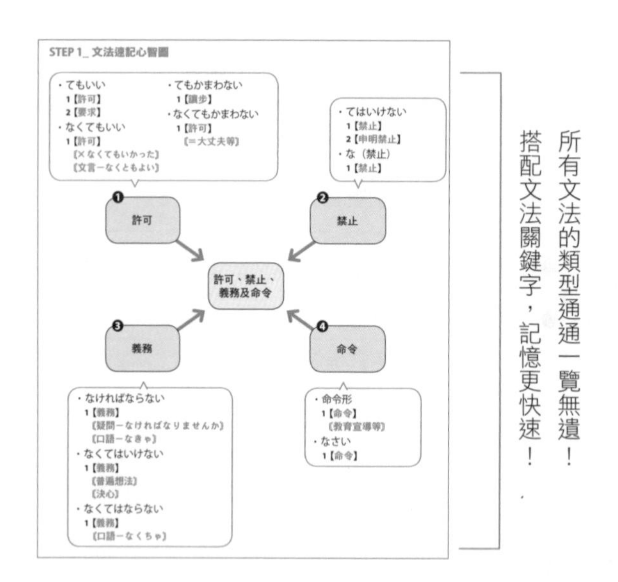

所有文法的類型通通一覽無遺！搭配文法關鍵字，記憶更快速！

Point 2 瞬間回憶關鍵字

每項文法解釋前加上「關鍵字」，也就是將大量資料簡化的「重點字句」，幫助您以最少時間就能輕鬆抓住重點，刺激聯想，進而達到長期記憶的效果！

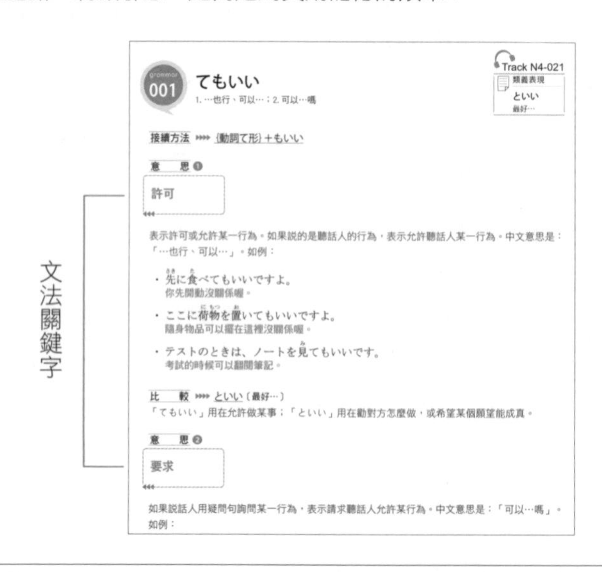

grammar 001 てもいい

1. …也行、可以…；2. 可以…嗎

Track N4-021

類義表現

といい

最好…

接續方法 ▸▸▸▸ {動詞て形}＋もいい

意　思 ❶

許可

表示許可或允許某一行為。如果說的是聽話人的行為，表示允許聽話人某一行為。中文意思是：「…也行、可以…」。如例：

・先に食べてもいいですよ。
你先開動沒關係喔。

・ここに荷物を置いてもいいですよ。
隨身物品可以擺在這裡沒關係喔。

・テストのときは、ノートを見てもいいです。
考試的時候可以翻閱筆記。

比　較 ▸▸▸▸ といい〔最好…〕

「てもいい」用在允許做某事；「といい」用在勸對方怎麼做，或希望某個願望能成真。

意　思 ❷

要求

如果說話人用疑問句詢問某一行為，表示請求聽話人允許某行為。中文意思是：「可以…嗎」。如例：

文法關鍵字

Point 3 「5W+1H」細分使用狀況

將所有符合 N4 文法程度的 5 個 W 跟 1 個 H 等使用狀況細分出來，並列出相對應的例句，讓您看到考題，答案立即選出！

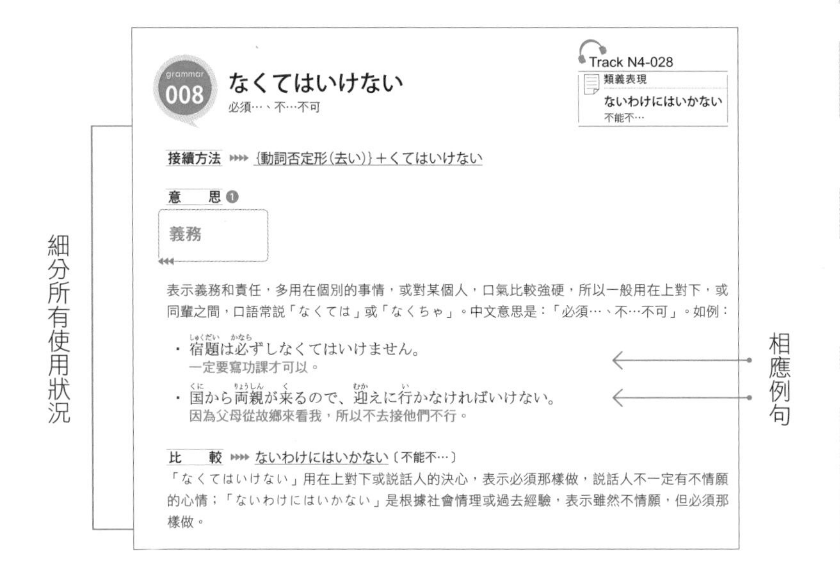

Point 4 類義文法用法辨異

每項文法特別將難分難解刁鑽易混淆的文法項目，用「比一比」的方式進行整理、歸類，並分析易混淆文法間的意義、用法、語感、接續…等的微妙差異。讓您在考場中一看題目就能迅速找到答案，一舉拿下高分！

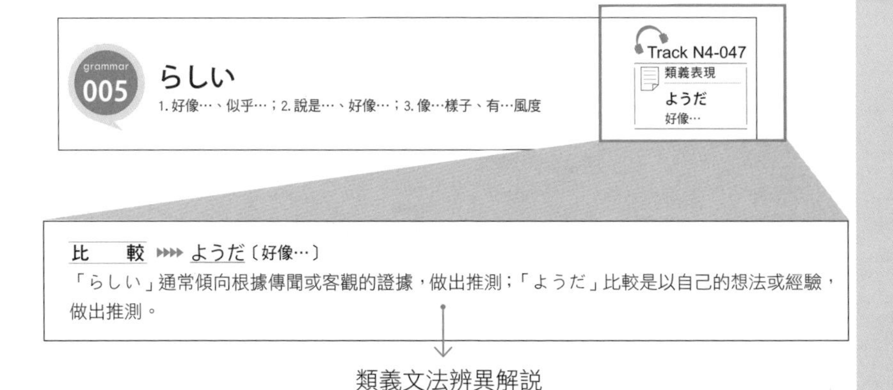

Point 5 小試身手＆必勝全真模擬試題＋解題攻略

學習完每章節的文法內容，馬上為您準備小試身手，測驗您學習的成果！接著還有金牌日檢教師以專業與實力精心撰寫必勝模擬試題，試題完整掌握新制日檢出題傾向，還附有翻譯及直擊考點的解題分析！讓您可以即時演練、即時得知解題技巧，就像有個貼身日語教師幫您全解全析，帶您100% 命中考題！

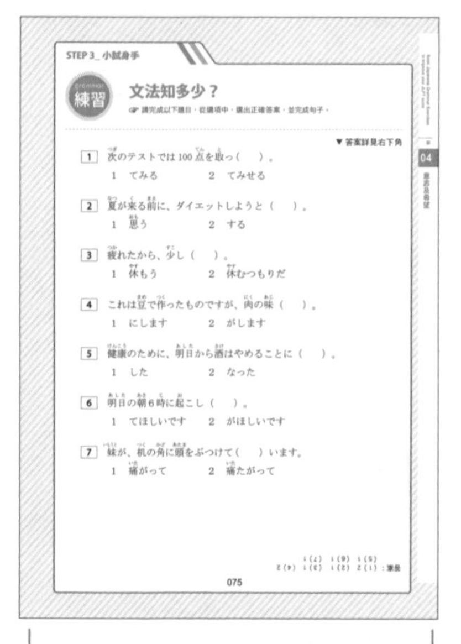

STEP 3_ 小試身手

練習 文法知多少？

☞ 請完成以下題目，從選項中，選出正確答案，並完成句子。

▼ 答案詳見右下角

1 次のテストでは100点を取っ（　）。
1 てみる　2 てみせる

2 夏が来る前に、ダイエットしようと（　）。
1 思う　2 する

3 疲れたから、少し（　）。
1 休もう　2 休むつもりだ

4 これは豆で作ったものですが、肉の味（　）。
1 にします　2 がします

5 健康のために、明日から酒はやめることに（　）。
1 した　2 なった

6 明日の朝6時に起こし（　）。
1 てほしいです　2 がほしいです

7 妹が、机の角に頭をぶつけて（　）います。
1 痛がって　2 痛たがって

075

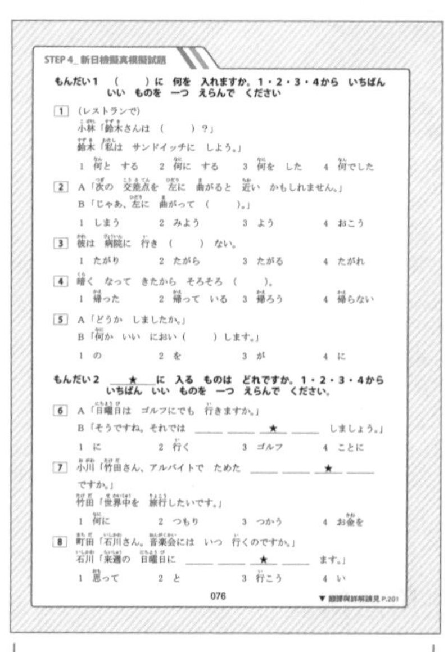

STEP 4_ 新日檢擬真模擬試題

もんだい1 （　）に 何を 入れますか。1・2・3・4から いちばん いい ものを 一つ えらんで ください

1 （レストランで）
小林「鈴木さんは（　）？」
鈴木「私は サンドイッチに しよう。」
1 何と する　2 何に する　3 何を した　4 何でした

2 A「次の 交差点を 左に 曲がると 近い かもしれません。」
B「じゃあ、左に 曲がって（　）。」
1 しまう　2 みよう　3 よう　4 おこう

3 彼は 病院に 行き（　）ない。
1 たがり　2 たがら　3 たがる　4 たがれ

4 暗く なって きたから そろそろ（　）。
1 帰った　2 帰って いる　3 帰ろう　4 帰らない

5 A「どうか しましたか。」
B「何か いい におい（　）します。」
1 の　2 を　3 が　4 に

もんだい2 ＿★＿に 入る ものは どれですか。1・2・3・4から いちばん いい ものを 一つ えらんで ください。

6 A「日曜日は ゴルフにでも 行きますか。」
B「そうですね。それでは ＿＿ ＿＿ ＿★＿ ＿＿ しましょう。」
1 に　2 行く　3 ゴルフ　4 ことに

7 小川「竹田さん、アルバイトで ためた ＿＿ ＿＿ ＿★＿ ＿＿ ですか。」
竹田「世界中を 旅行したいです。」
1 何に　2 つもり　3 つかう　4 お金を

8 町田「石川さん、音楽会には いつ 行くのですか。」
石川「来週の 日曜日に ＿＿ ＿＿ ＿★＿ ＿＿ ます。」
1 思って　2 と　3 行こう　4 い

076

▼ 翻譯與詳解請見 P.201

文法小試身手　　　全真模擬考題

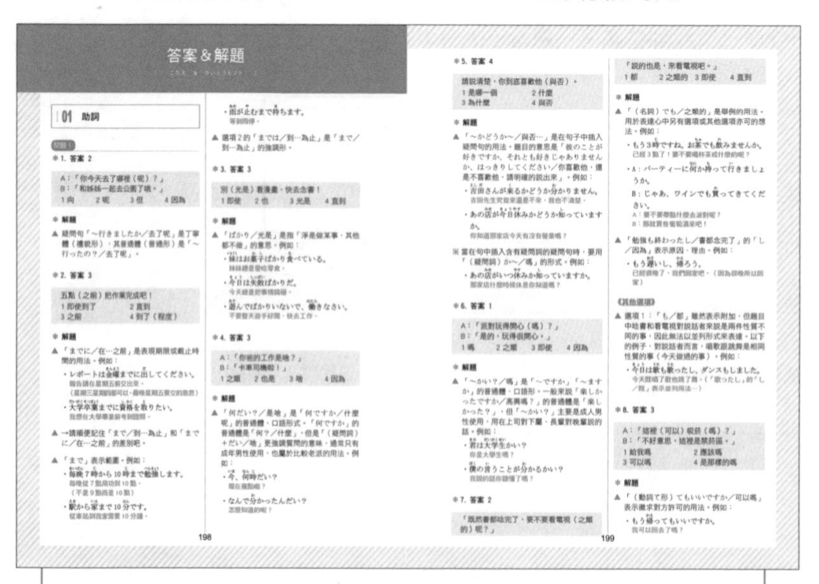

答案＆解題

01 助詞

問題1

＊1. 答案 2

A：「你今天去了哪裡（呢）？」
B：「和姊姊一起去公園了哦。」
1 向　2 呢　3 但　4 因為

＊ 解題

▲ 疑問句「～行きましたか／去了呢」是丁寧體（禮貌形），其普通體（普通形）是「～行ったの？／去了呢」。

＊2. 答案 3

五點（之前）把作業完成吧！
1 即使到了　2 直到
3 之前　4 到了（程度）

＊ 解題

▲「までに／在…之前」是表現期限或截止時間的用法。例如：
・レポートは金曜までに出してください。
・大学卒業までに資格を取りたい。

▲ →請順便記住「まで／到…為止」和「までに／在…之前」的差別吧。

▲「まで」表示範圍。例如：
・毎晩7時から10時まで勉強します。
・駅から家まで10分です。

・雨が止むまで待ちます。

▲ 選項2的「までは／到…為止」是「まで／到…為止」的強調形。

＊3. 答案 3

別（光是）看漫畫，快去念書！
1 即使　2 也　3 光是　4 直到

＊ 解題

▲「ばかり／光是」是指「淨是做某事，其他都不做」的意思。例如：
・妹はお菓子ばかり食べている。
・今日は失敗ばかりだ。
・遊んでばかりいないで、働きなさい。

＊4. 答案 3

A：「你爸的工作是啥？」
B：「卡車司機啦！」
1 之類　2 也是　3 啥　4 因為

＊ 解題

▲「何だい？／是啥」是「何ですか／什麼呢」的普通體、口語形式。「何ですか」的普通體是「何？／什麼」，但是「（疑問詞）＋だい／啥」更強調質問的意味，通常只有成年男性使用，也屬於比較老派的用法。例如：
・今、何時だい？
・なんで分かったんだい？

198

＊5. 答案 4

請說清楚，你到底喜歡他（與否）。
1 是哪一個　2 什麼
3 為什麼　4 與否

＊ 解題

▲「～かどうか～／與否…」是在句子中插入疑問句的用法。題目的意思是「彼のことが好きですか、それとも好きじゃありませんか、はっきりしてください／你喜歡他，還是不喜歡他，請明確的說出來」。例如：
・吉田さんが来るかどうか分かりません。
・あの店が今日休みかどうか知っていますか。
你知道那家店今天有沒有營業嗎？

※ 當在句中插入含有疑問詞的疑問句時，要用「（疑問詞）か～／嗎」的形式。例如：
・あの店がいつ休みか知っていますか。

＊6. 答案 1

A：「派對玩得開心（嗎）？」
B：「是的，玩得很開心。」
1 嗎　2 之類　3 即使　4 因為

＊ 解題

▲「～かい？／嗎」是「～ですか」「～ますか」的普通體、口語形。一般來說「楽しかったですか／高興嗎？」的普通體是「楽しかった？」，但「～かい？」主要是成人男性使用，用在上司對下屬、長輩對晚輩說的話。例如：
・君は大学生かい？
你是大學生嗎？
・僕の言うことが分かるかい？

＊7. 答案 2

「既然書都唸完了，要不要看電視（之類的）呢？」
「說的也是，來看電視吧。」
1 都　2 之類的　3 即使　4 直到

＊ 解題

▲「（名詞）でも／之類的」是舉例的用法。用於表達心中另有選項或其他選項亦可的想法。例如：
・もう3時ですね。お茶でも飲みませんか。
・A：パーティーに何か持って行きましょうか。
B：じゃあ、ワインでも買ってきてください。

▲「勉強も終わったし／書都念完了」的「し／因為」表示原因、理由。例如：
・もう遅いし、帰ろう。

《其他選項》

▲ 選項1：「も／都」雖然表示附加，但題目中唸書和看電視對說話者來說是兩件性質不同的事，因此無法以並列形式來表達。以下的例子，對說話者而言，唱歌跟跳舞是相同性質的事（今天做過的事）。例如：
・今日は歌も歌ったし、ダンスもしました。

＊8. 答案 3

A：「這裡（可以）吸菸（嗎）？」
B：「不好意思，這裡是禁菸區。」
1 給我嗎　2 應該嗎
3 可以嗎　4 是那樣的嗎

＊ 解題

▲「（動詞て形）てもいいですか／可以嗎」表示徵求對方許可的用法。例如：
・もう帰ってもいいですか。
我可以回去了嗎？

199

模擬考題解題

Lesson ▶ 01

助詞

助詞

STEP 1_ 文法速記心智圖

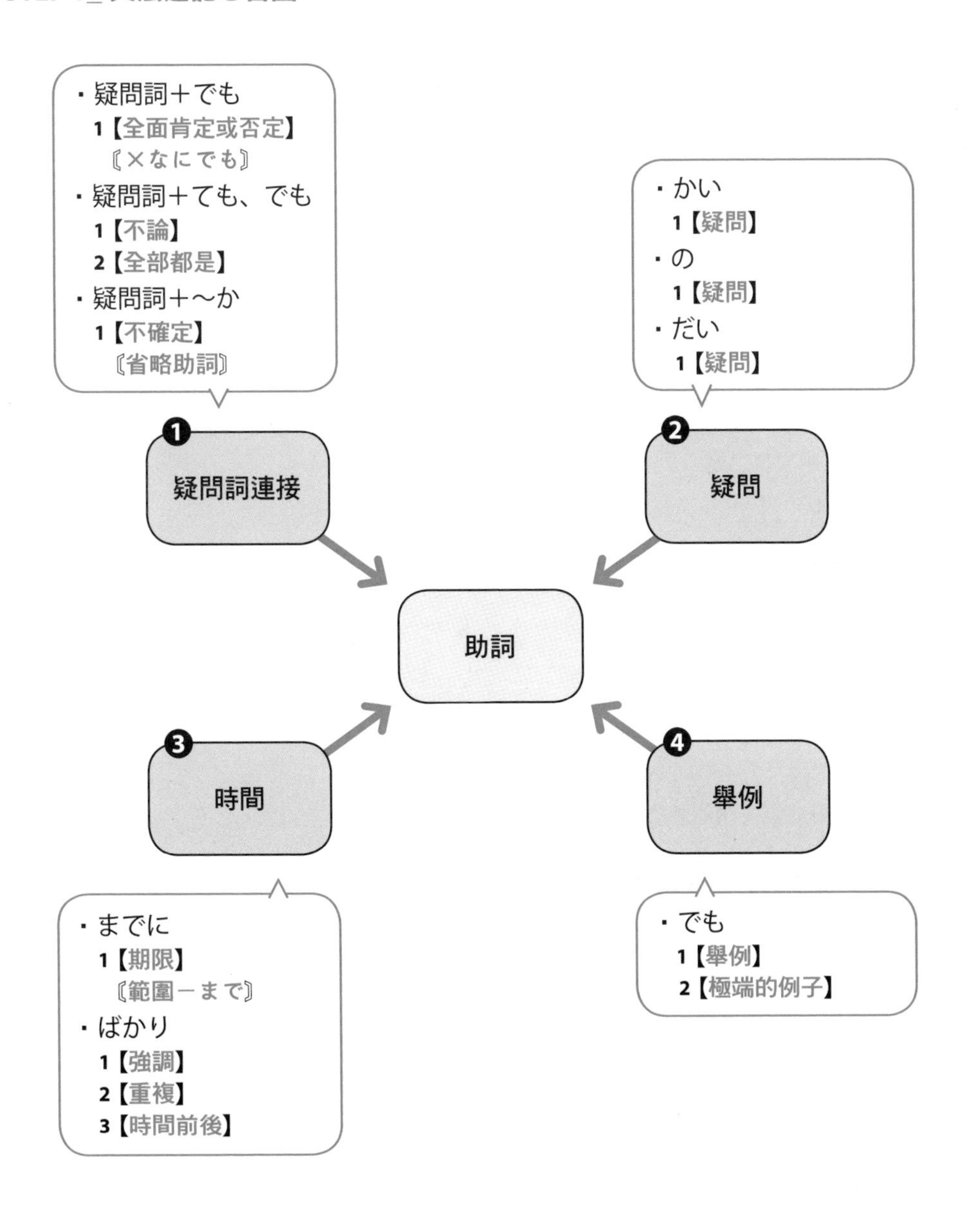

Lesson 01 助詞

▶ 助詞

date. 1　　／　　　　date. 2　　／

疑問詞＋でも

無論、不論、不拘

接續方法 ▸▸▸▸ {疑問詞}＋でも

意　思 ❶

全面肯定或否定

「でも」前接疑問詞時，表示全面肯定或否定，也就是沒有例外，全部都是。句尾大都是可能或容許等表現。中文意思是：「無論、不論、不拘」。如例：

- 何（なん）でも手伝（てつだ）います。
  不管什麼事我都願意幫忙。
- いつでも寝（ね）られます。
  任何時候都能倒頭就睡。
- これは誰（だれ）でもわかります。
  這個道理誰都懂。
- どれでも、おいしいですよ。どうぞ。
  每一款都很好吃喔，請隨意挑選。

比　較 ▸▸▸▸ 疑問詞＋も〔無論…都…〕

「疑問詞＋でも」與「疑問詞＋も」都表示全面肯定，但「疑問詞＋でも」指「從所有當中，不管選哪一個都…」；「疑問詞＋も」指「把所有當成一體來說，都…」的意思。

× なにでも

沒有「なにでも」的說法。

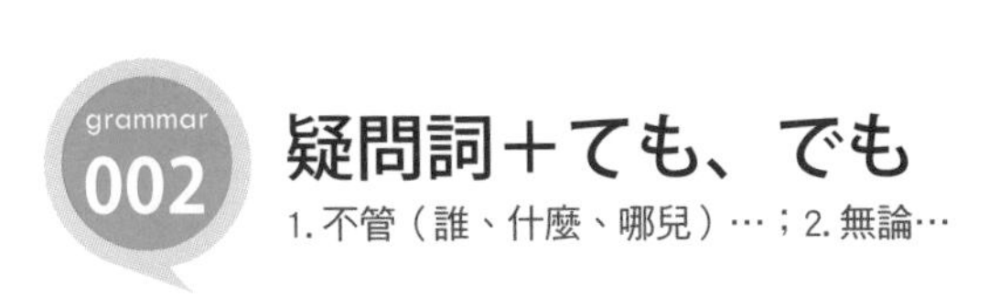

grammar 002 疑問詞＋ても、でも

1. 不管（誰、什麼、哪兒）…；2. 無論…

Track N4-002

類義表現
疑問詞＋も＋否定
…也（不）…

接續方法 ▸▸▸▸ {疑問詞}＋{形容詞く形}＋ても；{疑問詞}＋{動詞て形}＋も；{疑問詞}＋{名詞；形容動詞詞幹}＋でも

意　　思 ❶

不論

前面接疑問詞，表示不論什麼場合、什麼條件，都要進行後項，或是都會產生後項的結果。中文意思是：「不管（誰、什麼、哪兒）」。如例：

- いくら高（たか）くても、必要（ひつよう）な物（もの）は買（か）います。
  即使價格高昂，必需品還是得買。
- どんなに時間（じかん）がなくても、彼（かれ）には電話（でんわ）します。
  就算再忙，還是會打電話給男友。

意　　思 ❷

全部都是

表示全面肯定或否定，也就是沒有例外，全部都是。中文意思是：「無論…」。如例：

- この仕事（しごと）は、男性（だんせい）なら何歳（なんさい）でも OK です。
  這份工作，只要是男士，無論幾歲都能勝任。
- ２時間以内（じかんいない）なら何（なに）を食（た）べても飲（の）んでもいいです。
  只要在兩小時之內，可以盡情吃到飽、喝到飽。

比　　較 ▸▸▸▸ 疑問詞＋も＋否定〔…也（不）…〕

「疑問詞＋ても、でも」表示不管什麼場合，全面肯定或否定；「疑問詞＋も＋否定」表示全面否定。

疑問詞＋～か

…呢

接續方法 ▸▸▸▸ {疑問詞}＋{名詞；形容動詞詞幹；[形容詞・動詞] 普通形}＋か

意　　思 ❶

不確定

表示疑問，也就是對某事物的不確定。當一個完整的句子中，包含另一個帶有疑問詞的疑問句時，則表示事態的不明確性。中文意思是：「…呢」。如例：

- どれがおいしいか教(おし)えてください。
  請告訴我哪一道好吃。
- 何時(なんじ)に行(い)くか、忘(わす)れてしまいました。
  忘記該在幾點出發了。
- 先生(せんせい)がどこにいるか知(し)りません。
  我不知道老師在哪裡。
- 明日(あす)何(なに)を持(も)っていくかわかりません。
  我不知道明天該帶什麼東西去。

比　　較 ▸▸▸▸ かどうか〔是否…〕

用「疑問詞＋～か」，表示對「誰、什麼、哪裡」或「什麼時候」等感到不確定；而「かどうか」，用在不確定情況究竟是「是」還是「否」。

省略助詞

此時的疑問句在句中扮演著相當於名詞的角色，但後面的助詞「は、が、を」經常被省略。

かい

…嗎

Track N4-004
類義表現
句子＋か
嗎

接續方法 ▸▸▸▸ {句子}＋かい

意　思 ❶

疑問

放在句尾，表示親暱的疑問。用在句尾讀升調。一般為年長男性用語。中文意思是：「…嗎」。如例：

- テストはできたかい。
  考卷會寫吧？
- たくさん買い物をしたかい。
  買了很多東西嗎？
- 昨日は楽しかったかい。
  昨天玩得開心吧？
- もう帰るのかい。
  要回去啦？

比　較 ▸▸▸▸ 句子＋か〔…嗎〕

「かい」與「か」都表示疑問，放在句尾，但「かい」用在親暱關係之間（對象是同輩或晚輩），「か」可以用在所有疑問句子。

Track N4-005

類義表現
の
斷定

の

…嗎、…呢

接續方法 ▸▸▸▸ {句子}＋の

意　思 ❶

疑問

用在句尾，以升調表示提出問題。一般是用在對兒童，或關係比較親密的人，為口語用法。中文意思是：「…嗎、…呢」。如例：

- 今日のテストはできたの。
  今天的考卷知道答案嗎？
- 明日どこで遊ぶの。
  明天要去哪裡玩呢？

・薬を飲んだのに、まだ熱が下がらないの。
藥都吃了，高燒還沒退嗎？

・どうしてあの子は泣いているの。
那個孩子為什麼在哭呢？

比　較 ▸▸▸▸ の〔斷定〕
「の」用上昇語調唸，表示疑問；「の」用下降語調唸，表示斷定。

だい
…呢、…呀

接續方法 ▸▸▸▸ {句子}＋だい

意　思 ❶

疑問

接在疑問詞或含有疑問詞的句子後面，表示向對方詢問的語氣，有時也含有責備或責問的口氣。成年男性用言，用在口語，說法較為老氣。中文意思是：「…呢、…呀」。如例：

・なぜこれがわからないんだい。
為啥連這點小事也不懂？

・誰がこれを作ったんだい。
是誰做了這玩意的啊？

・新しい車の調子はどうだい。
新車開起來還順手嗎？

・いつ行くんだい。
幾時要去？

比　較 ▸▸▸▸ かい〔…嗎〕
「だい」表示疑問，前面常接疑問詞，含有責備或責問的口氣；「かい」表示疑問或確認，是一種親暱的疑問。

grammar 007 までに

1. 在…之前、到…時候為止；2. 到…為止

Track N4-007

類義表現
まで
到…為止

接續方法 ▸▸▸▸ {名詞；動詞辭書形}＋までに

意　思 ❶

期限

接在表示時間的名詞後面，後接一次性行為的瞬間性動詞，表示動作或事情的截止日期或期限。中文意思是：「在…之前、到…時候為止」。如例：

- 水曜日までにこの宿題ができますか。
  在星期三之前這份作業做得完嗎？
- 7時までに持ってきてください。
  請在七點之前拿過來。

比　較 ▸▸▸▸ まで〔到…為止〕

「までに」表示動作在期限之前的某時間點執行；「まで」表示動作會持續進行到某時間點。

範圍－まで

不同於「までに」，用「まで」後面接持續性的動詞和行為，表示某事件或動作，一直到某時間點前都持續著。中文意思是：「到…為止」。如例：

- 電車が来るまで、電話で話しましょう。
  電車來之前，在電話裡談吧。

・夜10時まで仕事をしていた。
一直工作到了晚上十點。

ばかり

1. 淨…、光…；2. 總是…、老是…；3. 剛…

Track N4-008

類義表現
だけ
只

意思 1

強調

{名詞}＋ばかり。表示數量、次數非常多，而且淨是些不想看到、聽到的不理想的事情。中文意思是：「淨…、光…」。如例：

・ゲームばかりで勉強はしません。
成天淨打電玩，完全沒看書。

・彼はお酒ばかり飲んでいます。
他光顧著拚命喝酒。

比較 ▸▸▸▸ だけ〔只…〕
「ばかり」用在數量、次數多，或總是處於某狀態的時候；「だけ」用在限定的某範圍。

意思 2

重複

{動詞て形}＋ばかり。表示說話人對不斷重複一樣的事，或一直都是同樣的狀態，有不滿、譴責等負面的評價。中文意思是：「總是…、老是…」。如例：

- テレビを見てばかりいないで掃除しなさい。
  別總是守在電視機前面，快去打掃！

- 母は甘い物を食べてばかりいます。
  媽媽老是吃甜食。

意　思 ❸

時間前後

{動詞た形}＋ばかり表示某動作剛結束不久，含有說話人感到時間很短的語感。中文意思是：「剛…」。如例：

- 「ライン読んだ。」「ごめん、今起きたばかりなんだ。」
  「你看過 LINE 了嗎？」「抱歉，我剛起床。」

でも

1. …之類的；2. 就連…也

接續方法 ▸▸▸▸ {名詞}＋でも

意　思 ❶

舉例

用於隨意舉例。表示雖然含有其他的選擇，但還是舉出一個具代表性的例子。中文意思是：「…之類的」。如例：

- 暇ですね。テレビでも見ますか。
  好無聊喔，來看個電視吧。

・買い物でも行きましょうか。
要不要去逛街買東西呢？

意　　思 ❷

極端的例子

先舉出一個極端的例子，再表示其他一般性的情況當然是一樣的。中文意思是：「就連…也」。如例：

・この問題は 10 歳の私でもわかります。
這道題目就連十歲的我也知道答案！

・先生でも意味がわからない言葉があります。
其中還包括連老師也不懂語意的詞彙。

比　　較 ▸▸▸▸ ても／でも〔即使…也〕

「でも」用在舉出一個極端的例子，要用「名詞＋でも」的接續形式；「ても／でも」表示逆接，也就是無論前項如何，也不會改變後項。要用「動詞て形＋も」、「形容詞く＋ても」或「名詞；形容動詞詞幹＋でも」的接續形式。

文法知多少？

☞ 請完成以下題目，從選項中，選出正確答案，並完成句子。

▼ 答案詳見右下角

1 クリスマス（　　）、彼(かれ)に告白(こくはく)します。

1　までに　　　2　まで

2 おなかを壊(こわ)したので、おかゆ（　　）食(た)べます。

1　ばかり　　　2　だけ

3 おまわりさん（　　）、悪(わる)いことをする人もいる。

1　でも　　　2　ても

4 誰(だれ)（　　）できる簡単(かんたん)な仕事(しごと)です。

1　でも　　　2　も

5 坂本君(さかもとくん)に（　　）知(し)りたいです。

1　誰(だれ)が好(す)きか　　　2　好(す)きな人(ひと)がいるかどうか

6 その服(ふく)、すてきね。どこで買(か)った（　　）

1　の？（上昇調）　　　2　の。（下降調）

7 そこに誰(だれ)かいるの（　　）？

1　だい　　　2　かい

答案：(1) 1　(2) 2　(3) 1　(4) 1
(5) 2　(6) 1　(7) 2

もんだい１　（　　）に　何を　入れますか。１・２・３・４から　いちばん　いい　ものを　一つ　えらんで　ください。

1　A「今日(きょう)は　どこに　行(い)った（　　）？」
B「お姉(ねえ)ちゃんと　公園(こうえん)に　行(い)ったよ。」

1　に　　2　の　　3　が　　4　ので

2　宿題(しゅくだい)は　５時(じ)（　　）　終(お)わらせよう。

1　までも　　2　までは　　3　までに　　4　までか

3　まんが（　　）　読(よ)んで　いないで　勉強(べんきょう)しなさい。

1　でも　　2　も　　3　ばかり　　4　まで

4　A「君(きみ)の　お父(とう)さんの　仕事(しごと)は　何(なん)（　　）。」
B「トラックの　運転手(うんてんしゅ)だよ。」

1　とか　　2　にも　　3　だい　　4　から

5　彼(かれ)の　ことが　すきか（　　）　はっきりして　ください。

1　どちらか　　2　何(なに)か　　3　どうして　　4　どうか

6　A「パーティーは　楽(たの)しかった（　　）？」
B「はい。とても　楽(たの)しかったです。」

1　かい　　2　とか　　3　でも　　4　から

7　「勉強(べんきょう)も　終(お)わったし、テレビ（　　）見(み)ようか。」
「そうだね。そうしよう。」

1　も　　2　でも　　3　ても　　4　まで

8　A「ここで　たばこを　吸(す)っても（　　）。」
B「すみません。ここは　禁煙席(きんえんせき)です。」

1　くれますか　　2　はずですか　　3　いいですか　　4　ようですか

▼ 翻譯與詳解請見 P.195

Lesson ▶ 02

指示詞、句子的名詞化及縮約形

指示語、文の名詞化と縮約形

STEP 1_ 文法速記心智圖

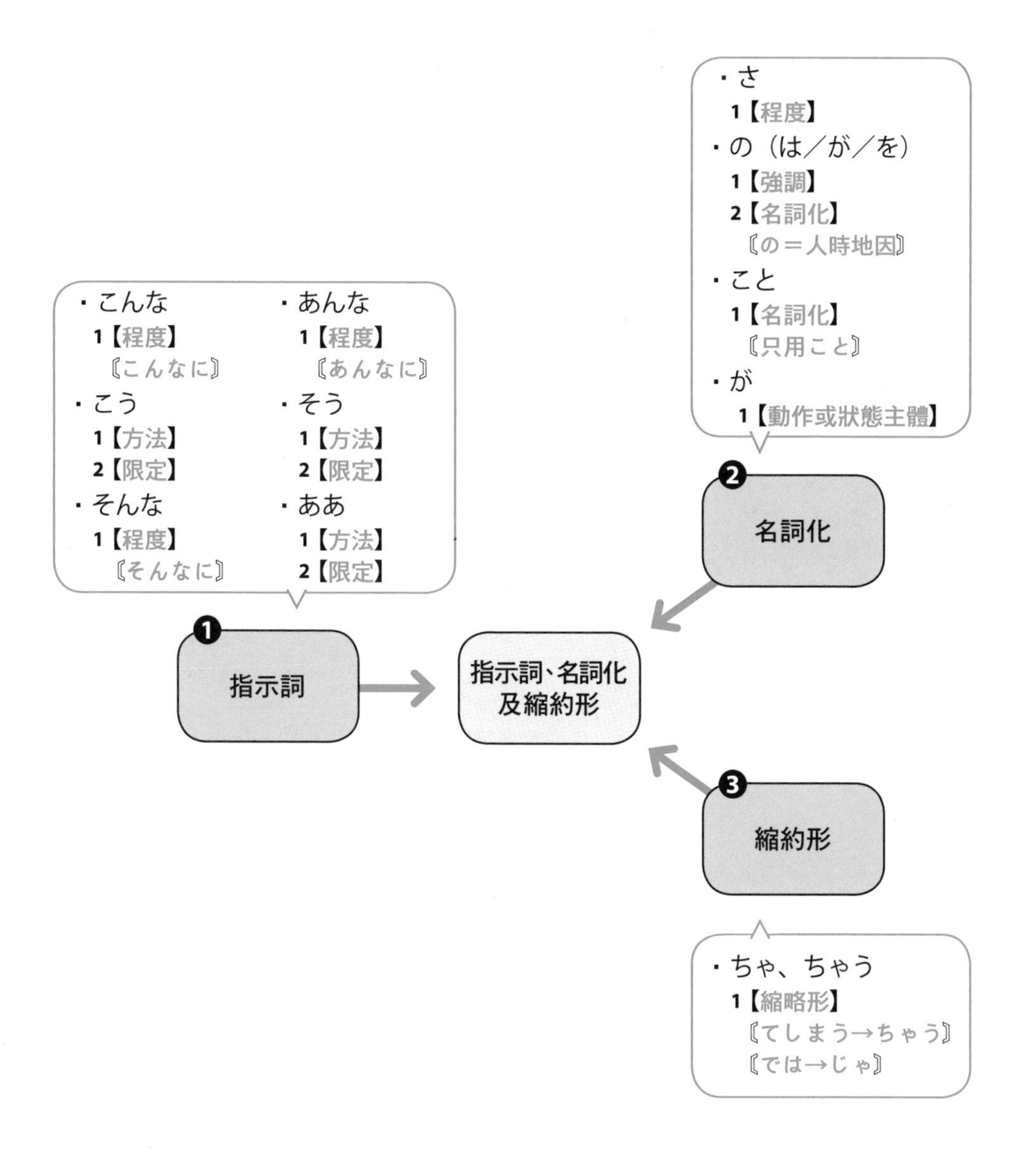

Lesson 02 指示語、文の名詞化と縮約形

▶ 指示詞、句子的名詞化及縮約形

date. 1　　／　　　date. 2　　／

こんな

1. 這樣的、這麼的、如此的；2. 這樣地

接續方法 ▸▸▸▸ こんな＋{名詞}

意　思 ❶

程度

間接地在講人事物的狀態或程度，而這個事物是靠近說話人的，也可能是剛提及的話題或剛發生的事。中文意思是：「這樣的、這麼的、如此的」。如例：

- こんな家(いえ)が欲(ほ)しいです。
  想要一間像這樣的房子。
- 毎日(まいにち)こんな大(おお)きなケーキが食(た)べたい。
  希望每天都能吃到這麼大塊的蛋糕。

比　較 ▸▸▸▸ こう〔這樣〕

「こんな」（這樣的），表示程度，後面一定要接名詞；「こう」（這樣）表示方法跟限定，後面要接動詞。

こんなに

「こんなに」為指示程度，是「這麼，這樣地；如此」的意思，為副詞的用法，用來修飾動詞或形容詞。中文意思是：「這樣地」。如例：

- 私(わたし)はこんなにやさしい人(ひと)に会(あ)ったことがない。
  我不曾遇過如此體貼的人。

- 社長(しゃちょう)がこんなに怒(おこ)ったことはありません。
  總經理從沒發過這麼大的脾氣。

こう

1. 這樣、這麼；2. 這樣

接續方法 ▸▸▸▸ こう＋{動詞}

意　　思 ❶

方法

表示方式或方法。中文意思是：「這樣、這麼」。如例：

- こうすれば簡単(かんたん)です。
  只要這樣做就很輕鬆了。
- 次(つぎ)はこうしてください。
  接下來請這樣做。
- 日本(にほん)ではこう挨拶(あいさつ)します。
  在日本會用這種方式問候。

意　　思 ❷

限定

表示眼前或近處的事物的樣子、現象。中文意思是：「這樣」。如例：

- こう毎日寒(まいにちさむ)いと外(そと)に出(で)たくない。
  天天冷成這樣，連出門都不願意了。

比　　較 ▸▸▸▸ そう〔那樣〕

「こう」用在眼前的物或近處的事時；「そう」用在較靠近對方或較為遠處的事物。

そんな

1. 那樣的；2. 那樣地

接續方法 ▸▸▸▸ そんな＋{名詞}

意　思 ❶

程度

間接的在說人或事物的狀態或程度。而這個事物是靠近聽話人的或聽話人之前說過的。有時也含有輕視和否定對方的意味。中文意思是：「那樣的」。如例：

- そんな服（ふく）を着（き）ないでください。
  請不要穿那樣的服裝。
- そんな時間（じかん）に何（なに）をしていたんですか。
  搞到那麼晚到底在做什麼啊？

比　較 ▸▸▸▸ あんな〔那樣的〕

「そんな」用在離聽話人較近，或聽話人之前說過的事物；「あんな」用在離說話人、聽話人都很遠，或雙方都知道的事物。

そんなに

「そんなに」為指示程度，是「程度特別高或程度低於預期」的意思，為副詞的用法，用來修飾動詞或形容詞。中文意思是：「那樣地」。如例：

- そんなに気（き）をつかわないでください。
  請不必那麼客套。
- この家（いえ）はそんなに悪（わる）くない。
  這間房子沒那麼糟糕。

あんな

1. 那樣的；2. 那樣地

Track N4-013

類義表現

こんな

這樣的

接續方法 ▸▸▸▸ あんな＋{名詞}

意　思 ❶

程度

間接地說人或事物的狀態或程度。而這是指說話人和聽話人以外的事物，或是雙方都理解的事物。中文意思是：「那樣的」。如例：

- もうあんなところに行（い）きたくない。
  再也不想去那種地方了！
- あんな便利（べんり）な冷蔵庫（れいぞうこ）が欲（ほ）しい。
  真想擁有那樣方便好用的冰箱！

比　較 ▸▸▸▸ こんな〔這樣的〕
事物的狀態或程度是那樣就用「あんな」；事物的狀態或程度是這樣就用「こんな」。

あんなに

「あんなに」為指示程度，是「那麼，那樣地」的意思，為副詞的用法，用來修飾動詞或形容詞。中文意思是：「那樣地」。如例：

- あんなに上手（じょうず）に歌（うた）えますか。
  你能唱得那樣動聽嗎？
- あんなに怒（おこ）ると、子供（こども）はみんな泣（な）きますよ。
  瞧你發那麼大的脾氣，會把小孩子們嚇哭的喔！

そう

1. 那樣；2. 那樣

Track N4-014

類義表現
ああ
那樣

接續方法 ▸▸▸▸ そう＋{動詞}

意　思 ❶

方法

表示方式或方法。中文意思是：「那樣」。如例：

- 母（はは）にはそう話（はなし）をします。
  我要告訴媽媽那件事。

・そうしたら、あなたも休(やす)めるのに。
要是那樣做的話，你也就可以休息了呀！

・「コーヒー飲(の)もうよ。」「うん、そうしよう。」
「來喝咖啡吧！」「嗯，來喝來喝！」

比　較 ▸▸▸▸ ああ〔那樣〕

「そう」用在離聽話人較近，或聽話人之前説過的事；「ああ」用在離説話人、聽話人都很遠，或雙方都知道的事。

意　思 ❷

限定

表示眼前或近處的事物的樣子、現象。中文意思是：「那樣」。如例：

・私(わたし)もそういう大人(おとな)になりたい。
我長大以後也想成為那樣的人。

ああ

1. 那樣；2 那樣

接續方法 ▸▸▸▸ ああ＋{動詞}

意　思 ❶

方法

表示方式或方法。中文意思是：「那樣」。如例：

・ああしろこうしろとうるさい。
一下叫我那樣，一下叫我這樣煩死人了！

比　較 ▸▸▸▸ あんな〔那樣的〕

「ああ」與「あんな」都用在離説話人、聽話人都很遠，或雙方都知道的事。接續方法是：「ああ＋動詞」，「あんな＋名詞」。

意　思 ❷

限定

表示眼前或近處的事物的樣子、現象。中文意思是：「那樣」。如例：

- ああ毎日忙しいと、疲れるでしょうね。
  天天忙成那個樣子，想必很累吧。
- 私には、ああはうまくなおせません。
  我可沒本事修理得那麼完美。
- 社長はお酒を飲むといつもああだ。
  總經理只要一喝酒，就會變成那副模樣。
- ああ毎日遊んでいると、勉強はできないでしょう。
  每天像那樣只顧著玩，應該沒空用功吧。

さ

…度、…之大

接續方法 ▸▸▸▸ {[形容詞・形容動詞] 詞幹} ＋さ

意　思 ❶

程度

接在形容詞、形容動詞的詞幹後面等構成名詞，表示程度或狀態。也接跟尺度有關的如「長さ（長度）、深さ（深度）、高さ（高度）」等，這時候一般是跟長度、形狀等大小有關的形容詞。中文意思是：「…度、…之大」。如例：

- この山の高さは、どのくらいだろう。
  不曉得這座山的高度是多少呢？
- 12月になると、寒さがましてきた。
  進入十二月，天氣愈發寒冷了。
- あの川の深さは10 mでした。
  那條河的深度曾經深達十公尺。
- スープの温かさが、ちょうどいい。
  湯的溫度剛好適口。

比　較 ▸▸▸▸ み〔帶有…〕

「さ」用在客觀地表示性質或程度；「み」用在主觀地表示性質或程度。

の（は／が／を）

的是…

意　思 ❶

強調

以「短句＋のは」的形式表示強調，而想強調句子裡的某一部分，就放在「の」的後面。中文意思是：「的是…」。如例：

- 昨日(きのう)学校(がっこう)を休(やす)んだのは、田中(たなか)さんです。
  昨天向學校請假的是田中同學。
- この写真(しゃしん)の、帽子(ぼうし)をかぶっているのは私(わたし)の妻(つま)です。
  這張照片中，戴著帽子的是我太太。

意　思 ❷

名詞化

{名詞修飾短語}＋の（は／が／を）。用於前接短句，使其名詞化，成為句子的主語或目的語，如例：

- 私(わたし)はフランス映画(えいが)を見(み)るのが好(す)きです。
  我喜歡看法國電影。
- 今朝(けさ)、家(いえ)の鍵(かぎ)をかけるのを忘(わす)れました。
  今天早上從家裡出來時忘記鎖門了。

の＝人時地因

這裡的「の」含有人物、時間、地方、原因的意思。

比　較 ▸▸▸ こと〔形式名詞〕

「の」基本上用來代替人事物。「見る」（看）、「聞く」（聽）等表示感受外界事物的動詞，或是「止める」（停止）、「手伝う」（幫忙）、「待つ」（等待）等動詞，前面只能接「の」；「こと」代替前面剛提到的或後面提到的事情。「です、だ、である」或「を約束する」（約定…）、「が大切だ」（…很重要）、「が必要だ」（…必須）等詞，前面只能接「こと」。另外，固定表現如「ことになる」「ことがある」等也只能用「こと」。

こと

接續方法 ▸▸▸▸ {名詞の；形容動詞詞幹な；[形容詞・動詞] 普通形} ＋こと

意　思 ❶

名詞化

做各種形式名詞用法。前接名詞修飾短句，使其名詞化，成為後面的句子的主語或目的語。如例：

- 留学（りゅうがく）することを恋人（こいびと）に話（はな）していない。
  即將出國留學的事並沒有告訴男友 / 女友。
- 会社（かいしゃ）をやめることを決（き）めました。
  決定了要向公司辭職。
- 私（わたし）は歌（うた）を歌（うた）うことが好（す）きです。
  我喜歡唱歌。

- 地震（じしん）があったことを、知（し）らなかった。
  我完全沒察覺發生了地震。

比　較 ▸▸▸▸ もの〔東西〕

「こと」形式名詞，代替前面剛提到的或後面提到的事。一般不寫漢字；「もの」也是形式名詞，代替某個實質性的東西。一般也不寫漢字。

只用こと

「こと」跟「の」有時可以互換。但只能用「こと」的有：表達「話す（說）、伝える（傳達）、命ずる（命令）、要求する（要求）」等動詞的內容，後接的是「です、だ、である」、固定的表達方式「ことができる」等。

が

接續方法 ▸▸▸▸ {名詞}＋が

意　思 ❶

動作或狀態主體

接在名詞的後面，表示後面的動作或狀態的主體。大多用在描寫句。如例：

- 雪（ゆき）が降（ふ）っています。
  雪正在下。

- 地震（じしん）で家（いえ）が倒（たお）れました。
  地震把房子震垮了。
- 女（おんな）の人（ひと）が、泣（な）きながら手（て）をふっています。
  女人哭著揮手道別。
- 新（あたら）しい年（とし）が始（はじ）まりました。
  嶄新的一年已經展開了。

比　較 ▸▸▸▸ 目的語＋を〔表動作目的〕

「が」接在名詞的後面，表示後面的動作或狀態的主體；「目的語＋を」的「を」用在他動詞的前面，表示動作的目的或對象；「を」前面的名詞，是動作所涉及的對象。

ちゃ、ちゃう

接續方法 ▸▸▸▸ {動詞て形}＋ちゃ、ちゃう

意　思 ❶

縮略形

「ちゃ」是「ては」的縮略形式，也就是縮短音節的形式，一般是用在口語上。多用在跟自己比較親密的人，輕鬆交談的時候，如例：

- 夏休(なつやす)みに毎日(まいにち)寝(ね)すぎちゃ、学校(がっこう)が始(はじ)まってから困(こま)るよ。
  如果暑假天天睡到太陽曬屁股，開學以後可就傷腦筋囉。
- まだ、帰(かえ)っちゃいけません。
  現在還不可以回家！
- あ、もう８時(じ)。仕事(しごと)に行(い)かなくちゃ。
  啊，已經八點了！得趕快出門上班了。

比　較 ▸▸▸▸ じゃ〔那麼〕

「ちゃ」是「ては」的縮略形式；「じゃ」是「では」的縮略形式。

てしまう→ちゃう

「ちゃう」是「てしまう」，「じゃう」是「でしまう」的縮略形式，如例：

- 飛行機(ひこうき)が、出発(しゅっぱつ)しちゃう。
  飛機要飛走囉！

では→じゃ

其他如「じゃ」是「では」的縮略形式，「なくちゃ」是「なくては」的縮略形式。

文法知多少？

☞ 請完成以下題目，從選項中，選出正確答案，並完成句子。

▼ 答案詳見右下角

1 （　　）すると顔が小さく見えます。

1　こんな　　　　2　こう

2 危ないよ。（　　）ことしちゃ、だめだよ。

1　そんな　　　　2　あんな

3 （テレビを見ながら）私も（　　）いう旅館に泊まってみたい。

1　そう　　　　2　ああ

4 月では重（　　）が約６分の１になる。

1　さ　　　　2　み

5 趣味は映画を見る（　　）です。

1　の　　　　2　こと

6 危ないから（　　）いけないよ。

1　触っちゃ　　　　2　触っじゃ

答案：(1) 2　(2) 1　(3) 2　(4) 1　(5) 2　(6) 1

もんだい１　（　　　）に　何を　入れますか。１・２・３・４から　いちばん　いい　ものを　一つ　えらんで　ください。

1　京都(きょうと)の　（　　　）は、思(おも)った以上(いじょう)でした。

1　暑(あつ)さ　　2　暑(あつ)い　　3　暑(あつ)くて　　4　暑(あつ)いので

2　冷蔵庫(れいぞうこ)に　あった　ケーキを　食(た)べた　（　　　）　由美(ゆみ)さんです。

1　のは　　2　のを　　3　のか　　4　のに

3　わたしの　趣味(しゅみ)は　音楽(おんがく)を　聞(き)く　（　　　）　です。

1　もの　　2　とき　　3　まで　　4　こと

もんだい２　［ 4 ］から［ 8 ］に　何を　入れますか。文章の　意味を　考えて、１・２・３・４から　いちばん　いい　ものを　一つ　えらんで　ください。

下(した)の　文章(ぶんしょう)は、友(とも)だちを　しょうかいする　作文(さくぶん)です。

わたしの　友(とも)だちに　吉田(よしだ)くん［ 4 ］人(ひと)が　います。吉田(よしだ)くんは　高校(こうこう)の　ときから、走(はし)ることが　大好(だいす)きでした。じゅぎょうが　終(お)わると、いつも　一人(ひとり)で　学校(がっこう)の　まわりを　何回(なんかい)も　走(はし)って　いました。［ 5 ］吉田(よしだ)くんも、今(いま)は　大学生(だいがくせい)に　なりましたが、今(いま)でも　毎日(まいにち)　家(いえ)の　近所(きんじょ)を　走(はし)って　いるそうです。

吉田(よしだ)くんは、少(すこ)し　遠(とお)くの　スーパーに　行(い)くときも、バスに［ 6 ］、走(はし)って　行(い)きます。それで、わたしは「吉田(よしだ)くんは　なぜ　バスに　乗(の)らないの？」と［ 7 ］。すると　かれは、「ぼくは、バスより　早(はや)く　スーパーに［ 8 ］。バスは　何回(なんかい)も　バス停(てい)*に　止(と)まるけど、ぼくは　とちゅうで　止(と)まらないからね。」と　言(い)いました。

＊バス停(てい)：客(きゃく)が乗(の)ったり降(お)りたりするためにバスが止(と)まるところ。

4

1　が　　2　らしい　　3　と　いう　　4　と　いった

5

1　どんな　　2　あんな　　3　そんな　　4　どうも

6

1　乗らずに　　2　乗っては　　3　乗っても　　4　乗るなら

7

1　聞かれ　ました　　2　聞く　つもりです

3　聞いて　あげました　　4　聞いて　みました

8

1　着かなければ　ならないんだ　　2　着く　ことが　できるんだ

3　着いても　いいらしいんだ　　4　着く　はずが　ないんだ

▼ 翻譯與詳解請見 P.197

許可、禁止、義務及命令

許可、禁止、義務と命令

STEP 1_ 文法速記心智圖

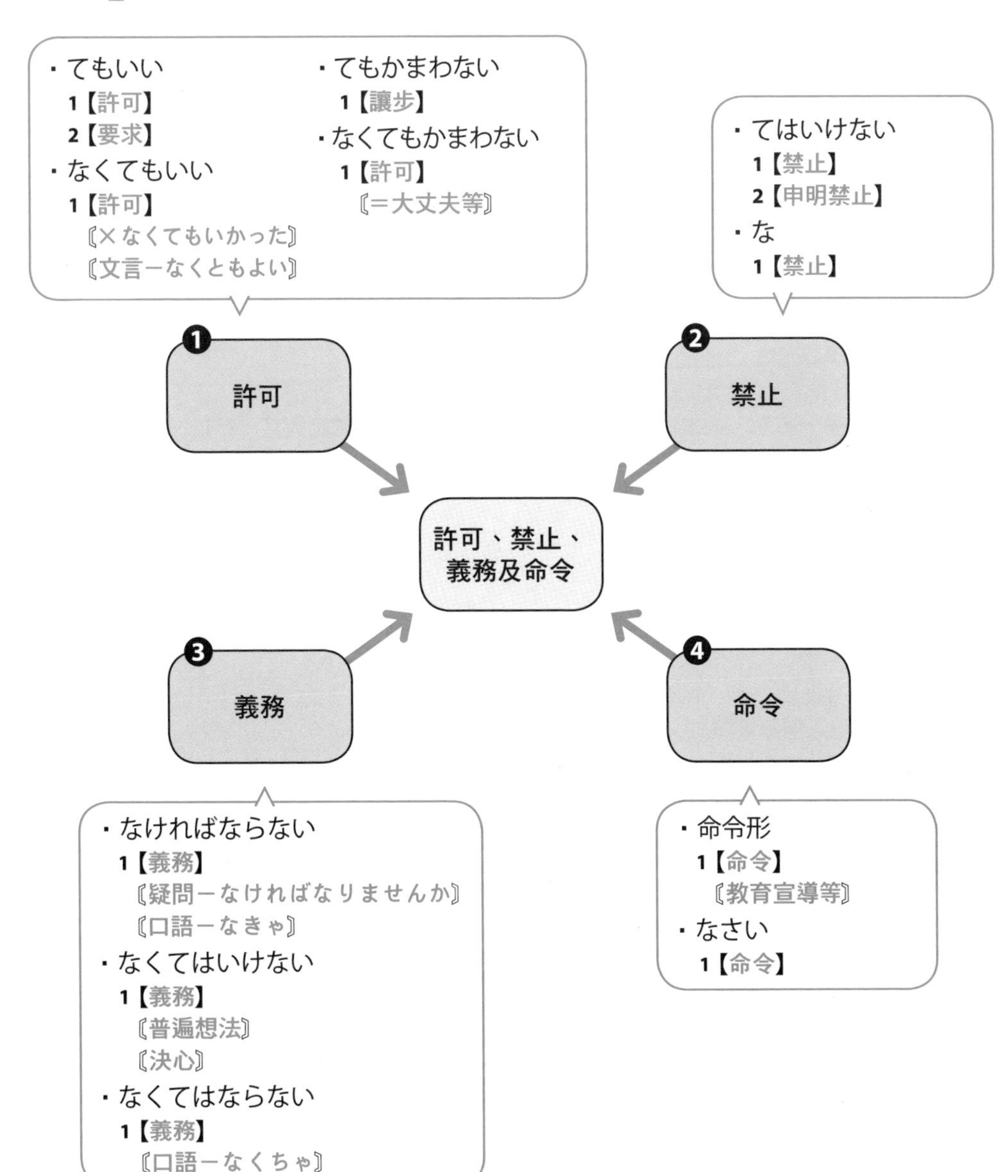

Lesson 03 許可、禁止、義務と命令

▶ 許可、禁止、義務及命令

date. 1　　／　　　　date. 2　　／

てもいい

1. …也行、可以…；2. 可以…嗎

接續方法 ▸▸▸▸ {動詞て形}＋もいい

意　思 ❶

許可

表示許可或允許某一行為。如果說的是聽話人的行為，表示允許聽話人某一行為。中文意思是：「…也行、可以…」。如例：

- 先に食べてもいいですよ。
  你先開動沒關係喔。
- ここに荷物を置いてもいいですよ。
  隨身物品可以擺在這裡沒關係喔。
- テストのときは、ノートを見てもいいです。
  考試的時候可以翻閱筆記。

比　較 ▸▸▸▸ といい〔最好…〕

「てもいい」用在允許做某事；「といい」用在勸對方怎麼做，或希望某個願望能成真。

意　思 ❷

要求

如果說話人用疑問句詢問某一行為，表示請求聽話人允許某行為。中文意思是：「可以…嗎」。如例：

- このパソコンを使(つか)ってもいいですか。
  請問可以借用一下這部電腦嗎？

なくてもいい

不…也行、用不著…也可以

接續方法 ▸▸▸▸ {動詞否定形(去い)}＋くてもいい

意　思 ❶

許可

表示允許不必做某一行為，也就是沒有必要，或沒有義務做前面的動作。中文意思是：「不…也行、用不著…也可以」。如例：

- 都合(つごう)が悪(わる)かったら来(こ)なくてもいいよ。
  假如不方便，不來也沒關係喔。
- 作文(さくぶん)は、明日(あした)出(だ)さなくてもいいですか。
  請問明天不交作文可以嗎？

比　較 ▸▸▸▸ てもいい〔…也行〕

「なくてもいい」表示允許不必做某一行為；「てもいい」表示許可或允許某一行為。

× なくてもいかった

要注意的是「なくてもいかった」或「なくてもいければ」是錯誤用法，正確是「なくてもよかった」或「なくてもよければ」，如例：

- 間(ま)に合(あ)うのなら、急(いそ)がなくてもよかった。
  如果時間還來得及，不必那麼趕也行。

文言－なくともよい

較文言的表達方式為「なくともよい」，如例：

・あなたは何(なに)も心配(しんぱい)しなくともよい。
你可以儘管放一百二十個心！

てもかまわない

即使…也沒關係、…也行

接續方法 ▸▸▸▸ {[動詞・形容詞] て形}＋もかまわない；{形容動詞詞幹；名詞}＋でもかまわない

意　思 ❶

讓步

表示讓步關係。雖然不是最好的，或不是最滿意的，但妥協一下，這樣也可以。比「てもいい」更客氣一些。中文意思是：「即使…也沒關係、…也行」。如例：

・ここに座(すわ)ってもかまいませんか。
請問可以坐在這裡嗎？

・ホテルの場所(ばしょ)は駅(えき)から遠(とお)くても、安(やす)ければかまわない。
即使旅館位置離車站很遠，只要便宜就無所謂。

・給料(きゅうりょう)が高(たか)いなら、仕事(しごと)が忙(いそが)しくてもかまいません。
只要薪資給得夠多，就算工作繁忙也沒關係。

・返事(へんじ)は明日(あす)でもかまいません。
明天再給答覆也可以。

比　較 ▸▸▸▸ てはいけない〔不准…〕

「てもかまわない」表示許可和允許；「てはいけない」表示禁止，也就是告訴對方不能做危險或會帶來傷害的事情。

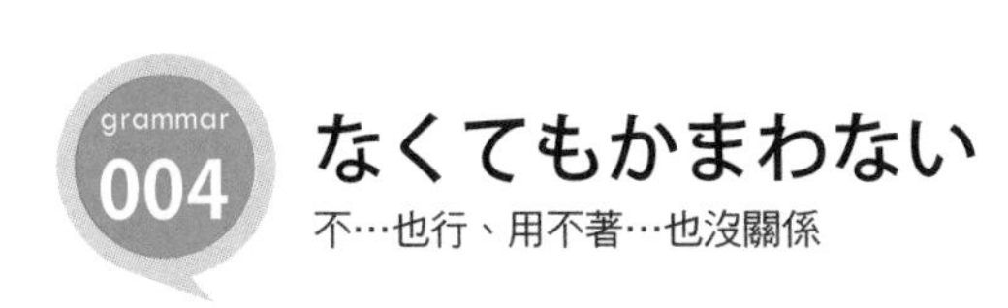

grammar 004 なくてもかまわない

不…也行、用不著…也沒關係

Track N4-024

類義表現
ないこともない
並不是不…

接續方法 ▸▸▸▸ {動詞否定形(去い)}＋くてもかまわない

意　　思 ❶

許可

表示沒有必要做前面的動作，不做也沒關係，是「なくてもいい」的客氣說法。中文意思是：「不…也行、用不著…也沒關係」。如例：

- 嫌(きら)いなら食(た)べなくてもかまいませんよ。
  討厭的話，不吃也沒關係喔！
- 話(はな)したくなければ話(はな)さなくてもかまいません。
  如果不願意講出來，不告訴我也沒關係。

比　　較 ▸▸▸▸ ないこともない〔並不是不…〕

「なくてもかまわない」表示不那樣做也沒關係；「ないこともない」表示也有某種的可能性，是用雙重否定來表現消極肯定的說法。

＝大丈夫等

「かまわない」也可以換成「大丈夫（沒關係）、問題ない（沒問題）」等表示「沒關係」的表現，如例：

- 出席(しゅっせき)するなら返事(へんじ)はしなくても問題(もんだい)ない。
  假如會參加，不回覆也沒問題。
- 明日(あした)はお昼(ひる)から仕事(しごと)なので、早(はや)く起(お)きなくても大丈夫(だいじょうぶ)。
  明天的工作是從中午開始的，所以不必那麼早起床也無所謂。

てはいけない

1. 不准…、不許…、不要…；2. 不可以…、請勿…

類義表現

てはならない

不能…

接續方法 ▸▸▸▸ {動詞て形}＋はいけない

意　思 ❶

禁止

表示禁止，基於某種理由、規則，直接跟聽話人表示不能做前項事情，由於說法直接，所以一般限於用在上司對部下、長輩對晚輩。中文意思是：「不准…、不許…、不要…」。如例：

- テスト中(ちゅう)は、ノートを見(み)てはいけません。
  作答的時候不可以偷看筆記本。
- 電車(でんしゃ)の中(なか)で、大(おお)きい声(こえ)で話(はな)してはいけません。
  搭乘電車時不得高聲談話。

比　較 ▸▸▸▸ てはならない〔不能…〕

兩者都表示禁止。「てはならない」表示有義務或責任，不可以去做某件事情；「てはならない」比「てはいけない」的義務或責任的語感都強，有更高的強制力及拘束力。常用在法律文上。

意　思 ❷

申明禁止

是申明禁止、規制等的表現。常用在交通標誌、禁止標誌或衣服上洗滌表示等。中文意思是：「不可以…、請勿…」。如例：

- ここで泳(およ)いではいけない。
  禁止在此游泳。
- このアパートでは、ペットを飼(か)ってはいけません。
  這棟公寓不准居住者飼養寵物。

な

不准…、不要…

接續方法 ▸▸▸▸ {動詞辭書形}＋な

意　　思 ❶

禁止

表示禁止。命令對方不要做某事、禁止對方做某事的説法。由於説法比較粗魯，所以大都是直接面對當事人説。一般用在對孩子、兄弟姊妹或親友時。也用在遇到緊急狀況或吵架的時候。中文意思是：「不准…、不要…」。如例：

- 今日（きょう）はもう飲（の）むな。
  今天別再喝啦！
- ここで煙草（たばこ）を吸（す）うな。
  不准在這裡抽菸！

- 電車（でんしゃ）の中（なか）で食（た）べるな。
  不准在電車裡吃！
- 大丈夫（だいじょうぶ）だよ。心配（しんぱい）するな。
  沒問題啦，別窮操心了！

比　　較 ▸▸▸▸ な（感嘆）〔…啊〕

「な」前接動詞時，有表示禁止或感嘆（強調情感）這兩個用法。因為接續一樣，所以要從句子的情境、文脈及語調來判斷。用在表示感嘆時，也可以接動詞以外的詞。

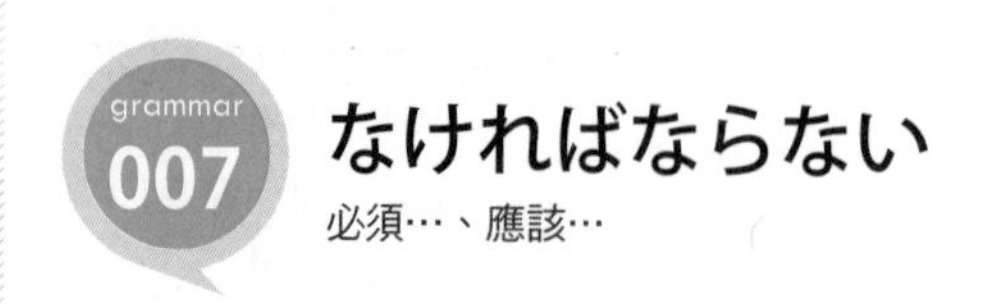

なけれぱならない

必須…、應該…

Track N4-027

類義表現

べきだ

必須…

接續方法 ▸▸▸▸ {動詞否定形}＋なければならない

意　思 ❶

義務

表示無論是自己或對方，從社會常識或事情的性質來看，不那樣做就不合理，有義務要那樣做。中文意思是：「必須…、應該…」。如例：

- 学生(がくせい)は学校(がっこう)のルールを守(まも)らなければならない。
  學生必須遵守校規。
- 来週(らいしゅう)までに結婚式(けっこんしき)の返事(へんじ)をしなければならない。
  必須在下週之前回覆是否出席婚禮。

比　較 ▸▸▸▸ べきだ〔必須…〕

「なければならない」是指基於規則或當時的情況，而必須那樣做；「べきだ」則是指身為人應該遵守的原則，常用在勸告或命令對方有義務那樣做的時候。

疑問－なければなりませんか

表示疑問時，可使用「なければなりませんか」，如例：

- 日本(にほん)はチップを払(はら)わなければなりませんか。
  請問在日本是否一定要支付小費呢？

口語－なきゃ

「なければ」的口語縮約形為「なきゃ」。有時只說「なきゃ」，並將後面省略掉，如例：

- 危(あぶ)ない。信号(しんごう)は守(まも)らなきゃだめですよ。
  危險！要看清楚紅綠燈再過馬路喔！

grammar 008 なくてはいけない

必須…、不…不可

Track N4-028

類義表現
ないわけにはいかない
不能不…

接續方法 ▸▸▸▸ {動詞否定形(去い)}＋くてはいけない

意　思 ❶

義務

表示義務和責任，多用在個別的事情，或對某個人，口氣比較強硬，所以一般用在上對下，或同輩之間，口語常説「なくては」或「なくちゃ」。中文意思是：「必須…、不…不可」。如例：

- 宿題は必ずしなくてはいけません。
  一定要寫功課才可以。
- 国から両親が来るので、迎えに行かなければいけない。
  因為父母從故鄉來看我，所以不去接他們不行。

比　較 ▸▸▸▸ ないわけにはいかない〔不能不…〕

「なくてはいけない」用在上對下或説話人的決心，表示必須那樣做，説話人不一定有不情願的心情；「ないわけにはいかない」是根據社會情理或過去經驗，表示雖然不情願，但必須那樣做。

普遍想法

表示社會上一般人普遍的想法，如例：

- ルールは守らなければいけない。
  一定要遵守規則才行。
- 暗い道では、気をつけなくてはいけないよ。
  走在暗路時，一定要小心才行喔！

決心

表達說話者自己的決心，如例：

- 今日中にこの仕事を終わらせなくてはいけない。
  今天以內一定要完成這份工作。

なくてはならない

必須…、不得不…

接續方法 ▸▸▸▸ {動詞否定形(去い)}＋くてはならない

意　思 ❶

義務

表示根據社會常理來看、受某種規範影響，或是有某種義務，必須去做某件事情。中文意思是：「必須…、不得不…」。如例：

- 明日までに作文を出さなくてはなりません。
  非得在明天之前繳交作文不可。
- 会議の資料をもう一度書き直さなくてはならない。
  不得不重寫一遍會議資料。

比　較 ▸▸▸▸ なくてもいい〔不…也行〕

「なくてはならない」是根據社會常理或規範，不得不那樣做；「なくてもいい」表示不那樣做也可以，不是這樣的情況也行，跟「なくても大丈夫だ」意思一樣。

口語ーなくちゃ

「なくては」的口語縮約形為「なくちゃ」，有時只說「なくちゃ」，並將後面省略掉（此時難以明確指出省略的是「いけない」還是「ならない」，但意思大致相同），如例：

- 仕事が終わらない。今日は残業しなくちゃ。
  工作做不完，今天只好加班了。

- 明日は友達が部屋に来るから掃除しなくちゃ。
  明天朋友要來房間，得打掃才行。

命令形

給我…、不要…

接續方法 ▸▸▸▸ （句子）＋｛動詞命令形｝＋（句子）

意　思 ❶

命令

表示語氣強烈的命令。一般用在命令對方的時候，由於給人有粗魯的感覺，所以大都是直接面對當事人說。一般用在對孩子、兄弟姊妹或親友時。中文意思是：「給我…、不要…」。如例：

- 汚いな。早く掃除しろ。
  髒死了，快點打掃！
- 遅刻するよ。走れ。
  快遲到囉，跑起來！
- もっと大きい声で歌え。
  放開你們的嗓門大聲唱歌！

比　較 ▸▸▸▸ なさい〔要…〕

「命令形」是帶有粗魯的語氣命令對方；「なさい」是語氣較緩和的命令，前面要接動詞ます形。

教育宣導等

也用在遇到緊急狀況、吵架、運動比賽或交通號誌等的時候，如例：

- 火事だ、早く逃げろ。
  失火啦，快逃啊！

なさい

要…、請…

接續方法 ▸▸▸▸ {動詞ます形}＋なさい

意　思 ❶

命令

表示命令或指示。一般用在上級對下級，父母對小孩，老師對學生的情況。比起命令形，此句型稍微含有禮貌性，語氣也較緩和。由於這是用在擁有權力或支配能力的人，對下面的人說話的情況，使用的場合是有限的。中文意思是：「要…、請…」。如例：

- ずっと立っていないで、早く座りなさい。
  別老站著，快點坐下！
- 今日忘れた人は、金曜日までに宿題を出しなさい。
  今天忘記帶來的人，記得在星期五之前交作業！
- 毎日部屋を掃除しなさい。
  房間要天天整理！

- 漢字の正しい読み方を書きなさい。
  請寫下漢字的正確發音。

比　較 ▸▸▸▸ 動詞＋てください〔請…〕

「なさい」表示命令、指示或勸誘，用在老師對學生、父母對孩子等關係之中；「てください」表示命令、請求、指示他人為說話人做某事。

Grammar 文法小祕方 1 ▸ 命令形

動詞的命令形變化

1 第一類（五段動詞）

將動詞辭書形的詞尾，變成え段音(え、け、せ、て、ね…)假名就可以了。

例如：

送る → 送れ　　押す → 押せ　　脱ぐ → 脱げ

2 第二類（一段動詞）

去掉動詞辭書形的詞尾る，然後加上“ろ”就可以了。

例如：

入れる → 入れろ

閉める → 閉めろ

変える → 変えろ

（但「くれる」例外，平常不太使用「くれろ」，而是用「くれ」。）

3 第三類（カ・サ変動詞）

將来る變成“来い”；する變成“しろ”就可以了。

例如：

来る → 来い

する → しろ

持って来る → 持って来い

文法知多少？

☞ 請完成以下題目，從選項中，選出正確答案，並完成句子。

▼ 答案詳見右下角

1 私（わたし）のスカート、貸（か）して（　　）。

1　あげてもいいよ　　　2　あげるといいよ

2 安（やす）ければ、アパートにおふろが（　）。

1　なくてもかまいません　　　2　なくてはいけません

3 こっちへ来（く）る（　　）。

1　てはいけない　　　2　な（禁止）

4 勉強（べんきょう）もスポーツも、君（きみ）はなんでもよくできる（　　）。

1　な（禁止）　　　2　な（詠嘆）

5 《交通標識（こうつうひょうしき）》スピード（　　）。

1　落（お）とせ　　　2　落（お）としなさい

6 明日（あした）は6時（じ）に（　　）。

1　起（お）きなければならない　　　2　起（お）きるべきだ

7 この映画（えいが）を見（み）るには、18歳以上（さいいじょう）で（　）。

1　なくてはいけない　　　2　ないわけにはいかない

8 赤信号（あかしんごう）では、止（と）まら（　　）。

1　なくてはならない　　　2　なくてもいい

答案：(1) 1　(2) 1　(3) 2　(4) 2
(5) 1　(6) 1　(7) 1　(8) 1

もんだい1　（　　）に　何を　入れますか。1・2・3・4から　いちばん　いい　ものを　一つ　えらんで　ください。

1　「早く　（　　）！　学校に　遅れるよ！」

1　起きる　　2　起きろ　　3　起きた　　4　起きない

2　授業中は　静かに　（　　）。

1　しそうだ　　2　しなさい　　3　したい　　4　しつづける

3　授業が　始まったら　席を　（　　）。

1　立った　ことが　あります　　2　立ち　つづけます

3　立つ　ところです　　4　立っては　いけません

もんだい2　［4］から［8］に　何を　入れますか。文章の　意味を　考えて、1・2・3・4から　いちばん　いい　ものを　一つ　えらんで　ください

下の　文章は　松本さんが　お正月に　留学生の　チーさんに　送った　メールです。

> チーさん、あけまして　おめでとう。
>
> 今年も　どうぞ　よろしく。
>
> 日本で　初めて　［4］　お正月ですね。どこかに　行きましたか。わたしは　家族と　いっしょに　祖母が　いる　いなかに　来て　います。
>
> きのうは　1年の　最後の　日　［5］　ね。
>
> 日本では　この　日の　ことを　「大みそか」と　いって、みんな　とても　いそがしいです。午前中は、家族　みんなで　朝から　家じゅうの　そうじを　［6］　なりません。そして、午後に　なると　お正月の　食べ物を　たくさん　作ります。わたしも　毎年　妹と　いっしょに、料理を　作るのを　［7］　、今年は、祖母が　作った　料理を　いただきました。
>
> ［8］　、また　学校で　会おうね。
>
> 松本

4

1 だ　　2 の　　3 に　　4 な

5

1 なのです　　2 でした　　3 らしいです　　4 です

6

1 させられて　　2 しなくても　　3 しなくては　　4 いたして

7

1 てつだいますが　　2 てつだいますので

3 てつだわなくては　　4 てつだったり

8

1 それから　　2 そうして　　3 それでも　　4 それじゃ

▼ 翻譯與詳解請見 P.199

Lesson 04

意志及希望

意志と希望

STEP 1_ 文法速記心智圖

意志及希望

1 意志

・てみる
1【嘗試】
〔かどうか～てみる〕

・（よ）うとおもう
1【意志】
〔某一段時間〕
〔強烈否定〕

・（よ）う
1【意志】
2【提議】

・（よ）うとする
1【意志】
2【將要】
〔否定形〕

・にする
1【決定】
2【選擇】

・ことにする
1【決定】
〔已經決定〕
2【習慣】

・つもりだ
1【意志】
〔否定形〕
〔強烈否定形〕
〔並非有意〕

2 希望

・てほしい
1【希望】
〔否定－ないでほしい〕

・がる（～がらない）
1【感覺】
〔を＋ほしい〕
〔現在狀態〕

・たがる（～たがらない）
1【希望】
〔否定－たがらない〕
〔現在狀態〕

・といい
1【願望】
〔近似たらいい等〕

Lesson 04 意志と希望

▶ 意志及希望

date. 1　　　／　　　　date. 2　　　／

てみる

試著（做）…

接續方法 ▸▸▸▸ {動詞て形}＋みる

意　思 ❶

嘗試

「みる」是由「見る」延伸而來的抽象用法，常用平假名書寫。表示雖然不知道結果如何，但嘗試著做前接的事項，是一種試探性的行為或動作，一般是肯定的說法。中文意思是：「試著（做）…」。如例：

- この服(ふく)を着(き)てみてください。
  請試穿看看這件衣服。
- 問題(もんだい)の答(こた)えを考(かんが)えてみましょう。
  讓我們一起來想一想這道題目的答案。
- このドアを、もう少(すこ)し強(つよ)く押(お)してみて。
  你試著更用力推推看這扇門。
- 新(あたら)しいお店(みせ)に行(い)ってみたら、よかったよ。
  去了新開幕的餐廳嘗鮮，蠻好吃的唷！

比　較 ▸▸▸▸ てみせる〔（做）給…看〕

「てみる」表示嘗試去做某事；「てみせる」表示做某事給某人看。

かどうか～てみる

常跟「～か、～かどうか」一起使用。

(よ)うとおもう

1. 我打算…；2. 我要…；3. 我不打算…

接續方法 ▸▸▸▸ {動詞意向形}＋(よ)うとおもう

意　思 ❶

意志

表示説話人告訴聽話人，説話當時自己的想法、未來的打算或意圖，比起不管實現可能性是高或低都可使用的「～たいとおもう」，「（よ）うとおもう」更具有採取某種行動的意志，且動作實現的可能性很高。中文意思是：「我打算…」。如例：

- 夏休(なつやす)みは、アメリカへ行(い)こうと思(おも)います。
  我打算暑假去美國。
- 明日(あす)は早(はや)く起(お)きようと思(おも)う。
  我打算明天早點起床。

比　較 ▸▸▸▸ (よ) うとする〔想…〕

「（よ）うとおもう」表示説話人打算那樣做；「（よ）うとする」表示某人正打算要那樣做。

某一段時間

用「（よ）うとおもっている」，表示説話人在某一段時間持有的打算。中文意思是：「我要…」。如例：

- いつか留学(りゅうがく)しようと思(おも)っています。
  我一直在計畫出國讀書。

強烈否定

「（よ）うとはおもわない」表示強烈否定。中文意思是：「我不打算…」。如例：

- 今日(きょう)は台風(たいふう)なので、買(か)い物(もの)に行(い)こうとは思(おも)いません。
  今天颱風來襲，因此沒打算出門買東西。

(よ)う

1.…吧；2.（一起）…吧

接續方法 ▸▸▸▸ {動詞意向形}＋(よ)う

意　思 ❶

意志

表示說話者的個人意志行為，準備做某件事情。中文意思是：「…吧」。如例：

- 金曜日だから、飲みにいこうか。
  今天是星期五，我們去喝個痛快吧！

- あと５分したら、休けいしよう。
  再過五分鐘就休息吧。

比　較 ▸▸▸▸ つもりだ〔打算…〕

「（よ）う」表示說話人要做某事，也可用在邀請別人一起做某事；「つもりだ」表示某人打算做某事的計畫。主語除了說話人以外，也可用在第三人稱。注意，如果是馬上要做的計畫，不能使用「つもりだ」。

意　思 ❷

提議

用來提議、邀請別人一起做某件事情。「ましょう」是較有禮貌的說法。中文意思是：「（一起）…吧」。如例：

- もう遅いから、帰ろうよ。
  已經很晚了，該回去了啦。
- 忙しそうだね。手伝おうか。
  你好像很忙哦？要不要我幫忙？

(よ)うとする

1. 想…、打算…；2. 才…；3. 不想…、不打算…

接續方法 ▶▶▶▶ {動詞意向形}＋(よ)うとする

意　思 ❶

意志

表示動作主體的意志、意圖。主語不受人稱的限制。表示努力地去實行某動作。中文意思是：「想…、打算…」。如例：

・彼(かれ)はダイエットをしようとしている。
　他正想減重。

・その手紙(てがみ)を捨(す)てようとしましたが、捨(す)てられませんでした。
　原本想扔了那封信，卻怎麼也捨不得丟。

比　較 ▶▶▶▶ てみる〔試試看〕

「ようとする」前接意志動詞，表示現在就要做某動作的狀態，或想做某動作但還沒有實現的狀態；「てみる」前接動詞て形，表示嘗試做某事。

意　思 ❷

將要

表示某動作還在嘗試但還沒達成的狀態，或某動作實現之前，而動作或狀態馬上就要開始。中文意思是：「才…」。如例：

・シャワーを浴(あ)びようとしたら、電話(でんわ)が鳴(な)った。
　正準備沖澡的時候，電話響了。

・お金(かね)を払(はら)おうとしたが、財布(さいふ)がなかった。
　正要付錢的時候，才發現錢包不見了。

否定形

否定形「（よ）うとしない」是「不想…、不打算…」的意思，不能用在第一人稱上。如例：

- 子供が私の話を聞こうとしない。
  小孩不聽我的話。

にする

1. 我要…、我叫…；2. 決定…

接續方法 ▸▸▸▸ {名詞；副助詞}＋にする

意　思 1

決定

常用於購物或點餐時，決定買某樣商品。中文意思是：「我要…、我叫…」。如例：

- この赤いシャツにします。
  我要這件紅襯衫。
- 「何飲む。」「コーヒーにする。」
  「要喝什麼？」「我要咖啡。」

意　思 2

選擇

表示抉擇，決定、選定某事物。中文意思是：「決定…」。如例：

- 今日は料理をする時間がないので、外食にしよう。
  今天沒時間做飯，我們在外面吃吧。
- 最近仕事が忙しいので、旅行は今度にします。
  最近工作很忙，以後再去旅行。

比　較 ▸▸▸▸ がする〔感到…〕

「にする」表示決定選擇某事物，常用在點餐等時候；「がする」表示感覺器官所受到的感覺。

ことにする

1. 決定…；2. 已決定…；3. 習慣…

接續方法 ▸▸▸▸ {動詞辭書形；動詞否定形}＋ことにする

意　思 ❶

決定

表示説話人以自己的意志，主觀地對將來的行為做出某種決定、決心。中文意思是：「決定…」。如例：

- 平日は忙しいから、土曜日に行くことにしよう。
  因為星期一到五很忙，所以星期六再去吧。
- 先生に言うと怒られるので、だまっていることにしよう。
  要是報告老師准會挨罵，還是閉上嘴巴別講吧。

比　較 ▸▸▸▸ ことになる〔（被）決定…〕

「ことにする」用在説話人以自己的意志，決定要那樣做；「ことになる」用在説話人以外的人或團體，所做出的決定，或是婉轉表達自己的決定。

已經決定

用過去式「ことにした」表示決定已經形成，大都用在跟對方報告自己決定的事。中文意思是：「已決定…」。如例：

- 冬休みは北海道に行くことにした。
  寒假去了北海道。

意　　思❷

習慣

用「ことにしている」的形式，則表示因某決定，而養成了習慣或形成了規矩。中文意思是：「習慣…」。如例：

・毎日（まいにち）、日記（にっき）を書（か）くことにしています。
現在天天都寫日記。

つもりだ

1. 打算…、準備…；2. 不打算…；3. 不打算…；4. 並非有意要…

接續方法 ▸▸▸▸ {動詞辭書形}＋つもりだ

意　　思❶

意志

表示說話人的意志、預定、計畫等，也可以表示第三人稱的意志。有說話人的打算是從之前就有，且意志堅定的語氣。中文意思是：「打算…、準備…」。如例：

・大学（だいがく）で歴史（れきし）を勉強（べんきょう）するつもりです。
我計畫上大學主修歷史。

・煙草（たばこ）が高（たか）くなったからもう吸（す）わないつもりです。
香菸價格變貴了，所以打算戒菸了。

比　　較 ▸▸▸▸ ようとおもう〔我打算…〕
「つもり」表示堅決的意志，也就是已經有準備實現的意志；「ようとおもう」前接動詞意向形，表示暫時性的意志，也就是只有打算，也有可能撤銷、改變的意志。

否定形

「ないつもりだ」為否定形。中文意思是：「不打算…」。如例：

・結婚（けっこん）したら、両親（りょうしん）とは住（す）まないつもりだ。
結婚以後，我並不打算和父母住在一起。

強烈否定形

「～つもりはない」表「不打算…」之意，否定意味比「～ないつもりだ」還要強。如例：

・明日台風がきても、会社を休むつもりはない。
如果明天有颱風，不打算不上班。

並非有意

「～つもりではない」表示「そんな気はなかったが…（並非有意要…）」之意。中文意思是：「並非有意要…」。如例：

・はじめは、代表になるつもりではなかったのに…。
其實起初我壓根沒想過要擔任代表……。

てほしい

1. 希望…、想…；2. 希望不要…

意　思 1

希望

{動詞て形}＋ほしい。表示說話者希望對方能做某件事情，或是提出要求。中文意思是：「希望…、想…」。如例：

・スーパーへ行くなら、手紙を出して来てほしい。
既然你要去超市，順便幫忙寄封信吧。

・給料を上げてほしい。
真希望能調高薪資。

・もっとお父さんに僕と遊んでほしい。
希望爸爸能更常陪我玩。

比　較 ▸▸▸▸ がほしい〔…想要…〕

「てほしい」用在希望對方能夠那樣做；「がほしい」用在說話人希望得到某個東西。

否定ーないでほしい

{動詞否定形}＋でほしい。表示否定，為「希望（對方）不要…」，如例：

・ 私(わたし)がいなくなっても、悲(かな)しまないでほしいです。
　就算我離開了，也希望大家不要傷心。

がる（～がらない）

覺得…（不覺得…）、想要…（不想要…）

接續方法 ▸▸▸▸ {[形容詞・形容動詞]詞幹}＋がる、がらない

意　　思 ❶

感覺

表示某人說了什麼話或做了什麼動作，而給說話人留下這種想法，有這種感覺，想這樣做的印象，「がる」的主體一般是第三人稱。中文意思是：「覺得…（不覺得…）、想要…（不想要…）」。如例：

・ 恥(は)ずかしがらなくていいですよ。大(おお)きな声(こえ)で話(はな)してください。
　沒關係，不需要害羞，請提高音量講話。

・ 彼女(かのじょ)は机(つくえ)をたたいてくやしがった。
　她很不甘心地捶了桌子。

比　　較 ▸▸▸▸ たがる〔想…〕

「がる」用於第三人稱的感覺、情緒等；「たがる」用於第三人稱想要達成某個願望。

を＋ほしい

當動詞為「ほしい」時，搭配的助詞為「を」，而非「が」，如例：

・ 彼女(かのじょ)はあのお店(みせ)のかばんをいつもほしがっている。
　她一直很想擁有那家店製作的包款。

現在狀態

表示現在的狀態用「～ている」形，也就是「がっている」，如例：

- 両親（りょうしん）が忙（いそが）しいので、子供（こども）は寂（さび）しがっている。
  爸媽都相當忙碌，使得孩子總是孤伶伶的。

たがる（～たがらない）

想…（不想…）

接續方法 ▸▸▸▸ {動詞ます形}＋たがる（たがらない）

意　思 ❶

希望

是「たい的詞幹」＋「がる」來的。用在表示第三人稱，顯露在外表的願望或希望，也就是從外觀就可看對方的意願。中文意思是：「想…（不想…）」。如例：

- 子供（こども）がいつも私（わたし）のパソコンに触（さわ）りたがる。
  小孩總是喜歡摸我的電腦。

- 息子（むすこ）は熱（ねつ）があっても、外（そと）に出（で）たがるので困（こま）ります。
  兒子雖然發燒了，卻還是吵著出門，真不知道該怎麼辦才好。

比　較 ▸▸▸▸ たい〔想…〕

「たがる」用在第三人稱想要達成某個願望；「たい」則是第一人稱內心希望某一行為能實現，或是強烈的願望。

否定ーたがらない

以「たがらない」形式，表示否定，如例：

・最近、若い人たちはあまり結婚したがらない。
近來，許多年輕人沒什麼意願結婚。

現在狀態

表示現在的狀態用「～ている」形，也就是「たがっている」，如例：

・入院中の父はおいしいお酒を飲みたがっている。
正在住院的父親直嚷著想喝酒。

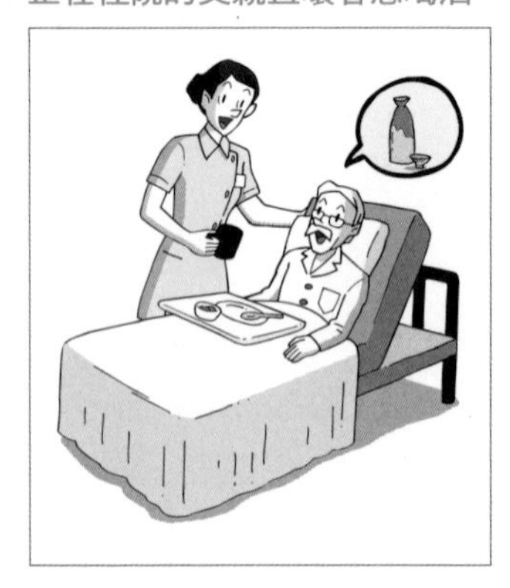

といい

1. 要是…該多好；2. 要是…就好了

接續方法 ▸▸▸▸ {名詞だ；[形容詞・形容動詞・動詞] 辭書形} ＋といい

意　　思 ❶

願望

表示説話人希望成為那樣之意。句尾出現「けど、のに、が」時，含有這願望或許難以實現等不安的心情。中文意思是：「要是…該多好」。如例：

・電車、もう少し空いているといいんだけど。
希望這時間搭電車的人沒那麼多了。

・学校までもっと近いといいのに。
如果能住在離學校更近一點的地方就好了。

比較 ▸▸▸ がいい〔最好…〕

「といい」表示希望成為那樣的願望；「がいい」表示希望壞事發生的心情。

近似たらいい等

意思近似於「～たらいい（要是…就好了）、～ばいい（要是…就好了）」。中文意思是：「要是…就好了」。如例：

・週末は晴れるといいですね。
希望週末是個大晴天，那就好囉。

・来月給料が上がるといいなあ。
好希望下個月會加薪啊。

文法小秘方 2 ▸ 意向形

動詞的意向形變化

❶ 第一類（五段動詞）

將動詞辭書形的詞尾，變為お段音（お、こ、そ、と…）假名，然後加上“う”讓它變長音就可以了。

例如：

会(あ)う → 会(あ)お → 会(あ)おう

住(す)む → 住(す)も → 住(す)もう

立(た)つ → 立(た)と → 立(た)とう

❷ 第二類（一段動詞）

去掉動詞辭書形的詞尾る，然後加上“よう”就可以了。

例如：

降(お)りる → 降(お)り → 降(お)りよう

開(あ)ける → 開(あ)け → 開(あ)けよう

捨(す)てる → 捨(す)て → 捨(す)てよう

❸ 第三類（カ・サ変動詞）

將来(く)る變成“来(こ)よう”；將する變成“しよう”就可以了。

例如：

来(く)る → 来(こ)よう

する → しよう

連(つ)れて来(く)る → 連(つ)れて来(こ)よう

文法知多少？

☞ 請完成以下題目，從選項中，選出正確答案，並完成句子。

▼ 答案詳見右下角

1 次のテストでは 100 点を取っ（　　）。

1　てみる　　　2　てみせる

2 夏が来る前に、ダイエットしようと（　　）。

1　思う　　　2　する

3 疲れたから、少し（　　）。

1　休もう　　　2　休むつもりだ

4 これは豆で作ったものですが、肉の味（　　）。

1　にします　　　2　がします

5 健康のために、明日から酒はやめることに（　　）。

1　した　　　2　なった

6 明日の朝６時に起こし（　　）。

1　てほしいです　　　2　がほしいです

7 妹が、机の角に頭をぶつけて（　　）います。

1　痛がって　　　2　痛たがって

答案：(1) 2　(2) 1　(3) 1　(4) 2
(5) 1　(6) 1　(7) 1

もんだい1　（　　）に　何を　入れますか。1・2・3・4から　いちばん　いい　ものを　一つ　えらんで　ください

1　（レストランで）

小林「鈴木さんは　（　　　）？」

鈴木「私は　サンドイッチに　しよう。」

1　何と　する　　2　何に　する　　3　何を　した　　4　何でした

2　A「次の　交差点を　左に　曲がると　近い　かもしれません。」

B「じゃあ、左に　曲がって　（　　　）。」

1　しまう　　2　みよう　　3　よう　　4　おこう

3　彼は　病院に　行き　（　　　）　ない。

1　たがり　　2　たがら　　3　たがる　　4　たがれ

4　暗く　なって　きたから　そろそろ　（　　　）。

1　帰った　　2　帰って　いる　　3　帰ろう　　4　帰らない

5　A「どうか　しましたか。」

B「何か　いい　におい（　　　）します。」

1　の　　2　を　　3　が　　4　に

もんだい2　＿＿★＿＿に　入る　ものは　どれですか。1・2・3・4から　いちばん　いい　ものを　一つ　えらんで　ください。

6　A「日曜日は　ゴルフにでも　行きますか。」

B「そうですね。それでは　＿＿＿　＿＿＿　＿★＿　＿＿＿　しましょう。」

1　に　　2　行く　　3　ゴルフ　　4　ことに

7　小川「竹田さん、アルバイトで　ためた　＿＿＿　＿＿＿　＿★＿　＿＿＿　ですか。」

竹田「世界中を　旅行したいです。」

1　何に　　2　つもり　　3　つかう　　4　お金を

8　町田「石川さん。音楽会には　いつ　行くのですか。」

石川「来週の　日曜日に　＿＿＿　＿＿＿　＿★＿　＿＿＿　ます。」

1　思って　　2　と　　3　行こう　　4　い

▼ 翻譯與詳解請見 P.201

Lesson 05

判斷及推測

判断と推量

STEP 1_ 文法速記心智圖

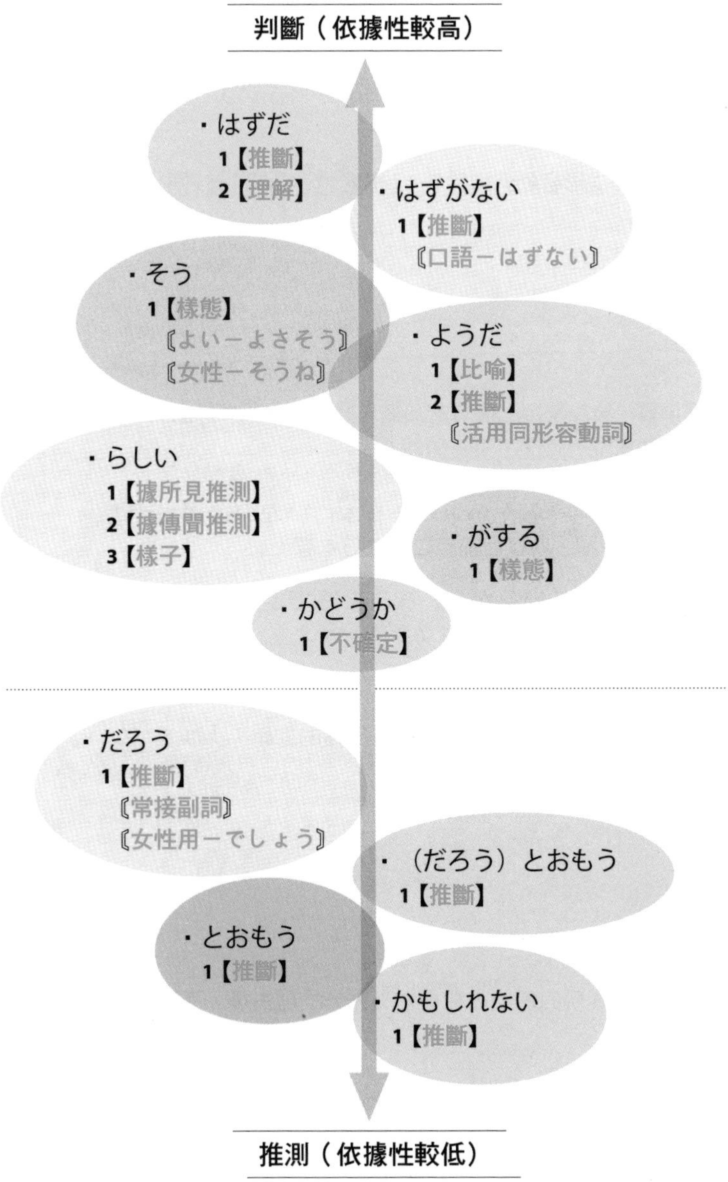

判斷（依據性較高）

・はずだ
1【推斷】
2【理解】

・はずがない
1【推斷】
〖口語－はずない〗

・そう
1【樣態】
〖よい－よさそう〗
〖女性－そうね〗

・ようだ
1【比喻】
2【推斷】
〖活用同形容動詞〗

・らしい
1【據所見推測】
2【據傳聞推測】
3【樣子】

・がする
1【樣態】

・かどうか
1【不確定】

・だろう
1【推斷】
〖常接副詞〗
〖女性用－でしょう〗

・（だろう）とおもう
1【推斷】

・とおもう
1【推斷】

・かもしれない
1【推斷】

推測（依據性較低）

Lesson 05 判斷と推量

▶ 判斷及推測

date. 1 ／ date. 2 ／

はずだ

1.（按理說）應該…；2. 怪不得…

接續方法 ▸▸▸▸ {名詞の；形容動詞詞幹な；[形容詞・動詞] 普通形} +はずだ

意　思 ❶

推斷

表示說話人根據事實、理論或自己擁有的知識來推測出結果，是主觀色彩強，較有把握的推斷。中文意思是：「（按理說）應該…」。如例：

- 先週林さんは中国へ行ったから、今日本にいないはずですよ。
  上星期林小姐去了中國，所以目前應該不在日本喔。
- 毎日５時間も勉強しているから、次は合格できるはずだ。
  既然每天都足足用功五個鐘頭，下次應該能夠考上。

比　較 ▸▸▸▸ はずがない〔不可能…〕

「はずだ」是說話人根據事實或理論，做出有把握的推斷；「はずがない」是說話人推斷某事不可能發生。

意　思 ❷

理解

表示說話人對原本不可理解的事物，在得知其充分的理由後，而感到信服。中文意思是：「怪不得…」。如例：

- 寒いはずだ。雪が降っている。
  難怪這麼冷，原來外面正在下雪。

・高橋さんはアメリカに 10 年住んでいたのか。英語ができるはずだ。
原來高橋太太在美國住過十年喔，難怪會講英語。

はずがない

不可能…、不會…、沒有…的道理

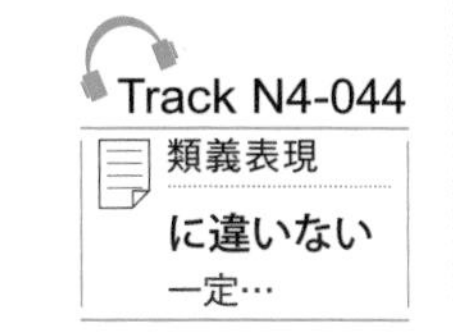

接續方法 ▸▸▸▸ {名詞の；形容動詞詞幹な；[形容詞・動詞] 普通形} ＋はずが(は)ない

意　思 ❶

推斷

表示説話人根據事實、理論或自己擁有的知識，來推論某一事物不可能實現。是主觀色彩強，較有把握的推斷。中文意思是：「不可能…、不會…、沒有…的道理」。如例：

・こんなに大きい家が 100 万円で買えるはずがない。
這麼寬敞的房子不可能只用一百萬就買得到！

・漢字を 1 日 100 個も、覚えられるはずがない
怎麼可能每天背下一百個漢字呢！

・この事を、彼女が知っているはずがない。
這件事，她絕不可能知道！

口語－はずない

用「はずない」，是較口語的用法，如例：

・ここから学校まで急いでも 10 分でつくはずない。
從這裡到學校就算拚命衝，也不可能在十分鐘之內趕到。

比　較 ▸▸▸▸ に違いない〔一定…〕

「に違いない」表示説話人根據經驗或直覺，做出非常肯定的判斷某事會發生；「はずがない」説話人推斷某事不可能發生。

そう

好像…、似乎…

接續方法 ▸▸▸▸ {[形容詞・形容動詞]詞幹；動詞ます形}＋そう

意　思 ❶

樣態

表示說話人根據親身的見聞，如周遭的狀況或事物的外觀，而下的一種判斷。中文意思是：「好像…、似乎…」。如例：

- このケーキ、おいしそう。
  這塊蛋糕看起來好好吃。
- 上着（うわぎ）のボタンが取（と）れそうですよ。
  外套的鈕釦好像快掉了喔！

比　較 ▸▸▸▸ そうだ〔聽說…〕

「そう」前接動詞ます形或形容詞・形容動詞詞幹，意思是「好像」；「そうだ」前接用言終止形或「名詞＋だ」，用在說話人表示自己聽到的或讀到的信息時，意思是「聽說」。

よい－よさそう

形容詞「よい」、「ない」接「そう」，會變成「よさそう」、「なさそう」，如例：

- 「ここにあるかな。」「なさそうだね。」
  「那東西會在這裡嗎？」「好像沒有喔。」

女性－そうね

會話中，當說話人為女性時，有時會用「そうね」，如例：

- 眠（ねむ）そうね。昨日何時（きのうなんじ）に寝（ね）たの。
  你看起來快睡著了耶。昨天幾點睡的？

ようだ

1. 像…一樣的、如…似的；2. 好像…

類義表現
みたいだ
好像…

意　思 ❶

比喻

{名詞の；動詞辭書形；動詞た形}＋ようだ。把事物的狀態、形狀、性質及動作狀態，比喻成一個不同的其他事物。中文意思是：「像…一樣的、如…似的」。如例：

・彼はまるで子供のように遊んでいる。
　瞧瞧他玩得像個孩子似的。

・今日は暖かくて、春のようだ。
　今天很暖和，彷彿春天一般。

意　思 ❷

推斷

{名詞の；形容動詞詞幹な；[形容詞・動詞]普通形}＋ようだ。用在說話人從各種情況，來推測人或事物是後項的情況，通常是說話人主觀、根據不足的推測。中文意思是：「好像…」。如例：

・田舎では、雪が降ると学校へ行くのは大変なようです。
　聽說在鄉下，下雪天時上學非常辛苦。

・野田さんは、お酒が好きなようだった。
　聽說野田先生以前很喜歡喝酒。

比　較 ▸▸▸▸ みたいだ〔好像…〕

「ようだ」跟「みたいだ」意思都是「好像」，但「ようだ」前接名詞時，用「N＋の＋ようだ」；「みたいだ」大多用在口語，前接名詞時，用「N＋みたいだ」。

活用同形容動詞

「ようだ」的活用跟形容動詞一樣。

らしい

1. 好像…、似乎…；2. 説是…、好像…；3. 像…樣子、有…風度

接續方法 ▸▸▸▸ {名詞；形容動詞詞幹；[形容詞・動詞] 普通形} ＋らしい

意　思 ❶

據所見推測

表示從眼前可觀察的事物等狀況，來進行想像性的客觀推測。中文意思是：「好像…、似乎…」。如例：

- 人身事故があった。電車が遅れるらしい。
  電車行駛時發生了死傷事故，恐怕會延遲抵達。
- 子供たちの部屋が静かになった。みんな寝たらしい。
  孩子們待的房間安靜下來了。他們似乎都睡著了。

意　思 ❷

據傳聞推測

表示從外部來的，是説話人自己聽到的內容為根據，來進行客觀推測。含有推測、責任不在自己的語氣。中文意思是：「説是…、好像…」。如例：

- 天気予報によると、明日は大雨らしい。
  氣象預報指出，明日將有大雨發生。

比　較 ▸▸▸▸ ようだ〔好像…〕

「らしい」通常傾向根據傳聞或客觀的證據，做出推測；「ようだ」比較是以自己的想法或經驗，做出推測。

意　思 ❸

樣子

表示充分反應出該事物的特徵或性質。中文意思是：「像…樣子、有…風度」。如例：

- 日本らしいお土産を買って帰ります。
  我會買些具有日本傳統風格的伴手禮帶回去。

がする

感到…、覺得…、有…味道

接續方法 ▸▸▸▸ {名詞}＋がする

意　思 ❶

樣態

前面接「かおり（香味）、におい（氣味）、味（味道）、音（聲音）、感じ（感覺）、気（感覺）、吐き気（噁心感）」等表示氣味、味道、聲音、感覺等名詞，表示説話人通過感官感受到的感覺或知覺。中文意思是：「感到…、覺得…、有…味道」。如例：

- このカードは、いい匂いがします。
  這張卡片聞起來好香。
- ２階から父が私を呼んでいる声がした。
  從二樓傳來了爸爸叫我的聲音。
- 今は晴れているけど、明日は雨が降るような気がする。
  今天雖然是晴天，但我覺得明天好像會下雨。

- あの人は冷たい感じがします。
  那個人有種冷漠的感覺。

比　較 ▸▸▸▸ ようにする〔爭取做到…〕

「ようにする」表示説話人自己將前項的行為、狀況當作目標而努力，或是説話人建議聽話人採取某動作、行為，是擁有自己的意志和意圖的；「がする」則是表示感覺，沒有自己的意志和意圖。

かどうか

是否…、…與否

接續方法 ▸▸▸▸ {名詞；形容動詞詞幹；[形容詞・動詞]普通形}＋かどうか

意　思 ❶

不確定

表示從相反的兩種情況或事物之中選擇其一。「かどうか」前面的部分是不知是否屬實。中文意思是：「是否…、…與否」。如例：

- あの店の料理はおいしいかどうか分かりません。
  我不知道那家餐廳的菜到底好不好吃。
- 明日のデートに行くかどうかまだ決めていません。
  我還沒有決定明天到底要不要去約會。
- その話は本当かどうか分からない。
  我不確定那件消息的真偽。
- テストが終わる前に、間違いがないかどうか確認してください。
  在考試結束前，請檢查有沒有寫錯的部分。

比　較 ▸▸▸▸ か～か〔…或是…〕

「かどうか」前面的部分接不知是否屬實的事情或情報；「か～か」表示在幾個當中，任選其中一個。「か」的前後放是否屬實的事情或情報。

だろう

…吧

接續方法 ▸▸▸▸ {名詞；形容動詞詞幹；[形容詞・動詞]普通形}＋だろう

意　思 ❶

推斷

使用降調，表示説話人對未來或不確定事物的推測，且説話人對自己的推測有相當大的把握。中文意思是：「…吧」。如例：

・今日は運動会だったから、子供は早く寝るだろう。
今天剛參加完運動會，孩子們應該會早早睡覺吧。

・彼は来ないだろう。
他大概不會來吧。

比　較 ▸▸▸▸ (だろう) とおもう〔(我) 想…〕

「だろう」可以用在把自己的推測跟對方説，或自言自語時；「（だろう）とおもう」只能用在跟對方説自己的推測，而且也清楚表達這個推測是説話人個人的見解。

常接副詞

常跟副詞「たぶん（大概）、きっと（一定）」等一起使用，如例：

・明日の試験はたぶん難しいだろう。
明天的考試恐怕很難喔。

女性用ーでしょう

口語時女性多用「でしょう」，如例：

・今夜はもっと寒くなるでしょう。
今晚可能會變得更冷吧。

(だろう) とおもう

（我）想…、（我）認為…

類義表現
とおもう
覺得…

接續方法 ▸▸▸▸ {[名詞・形容詞・形容動詞・動詞] 普通形} ＋ (だろう) とおもう

意　思 ❶

推斷

意思幾乎跟「だろう（…吧）」相同，不同的是「とおもう」比「だろう」更清楚地講出推測的內容，只不過是説話人主觀的判斷，或個人的見解。而「だろうとおもう」由於説法比較婉轉，所以讓人感到比較鄭重。中文意思是：「（我）想…、（我）認為…」。如例：

・今日は天気が悪いので、夕方は雨が降るだろうと思う。
今天天氣不好，我猜傍晚可能會下雨。

・彼女はもうすぐ来るだろうと思います。
我覺得她應該快到了。

・今日中に仕事が終わらないだろうと思っている。
我認為今天之內恐怕無法完成工作。

・彼は嬉しそうだ。試験に合格しただろうと思う。
他看起來很開心。我猜大概是考試通過了。

比　　較 ▸▸▸▸ とおもう〔覺得…〕

「（だろう）とおもう」表示說話人對未來或不確定事物的推測；「とおもう」表示說話者有這樣的想法、感受及意見。

 とおもう

覺得…、認為…、我想…、我記得…

類義表現
とおもっている
認為…

接續方法 ▸▸▸▸ {[名詞・形容詞・形容動詞・動詞] 普通形}＋とおもう

意　　思 1

推斷

表示說話者有這樣的想法、感受及意見，是自己依照情況而做出的預測、推想。「とおもう」只能用在第一人稱。前面接名詞或形容動詞時要加上「だ」。中文意思是：「覺得…、認為…、我想…、我記得…」。如例：

・日本は便利ですが、物価が高いと思います。
日本的生活雖然便利，但我覺得物價太高了。

・日本語の勉強は面白いと思う。
我覺得學習日文很有趣。

・中田さんはもう帰ったと思います。
中田先生應該已經回去了。

・彼は英語が話せないと思っていた。
我一直以為他不會說英語。

比　　較 ▸▸▸▸ とおもっている〔認為…〕

「とおもう」表示說話人當時的想法、意見等；「とおもっている」表示想法從之前就有了，一直持續到現在。另外，「とおもっている」的主語沒有限制一定是說話人。

grammar 011 かもしれない

也許…、可能…

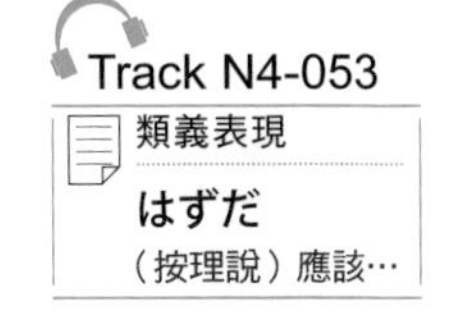

接續方法 ▸▸▸▸ {名詞；形容動詞詞幹；[形容詞・動詞] 普通形}＋かもしれない

意　思 ❶

推斷

表示說話人說話當時的一種不確切的推測。推測某事物的正確性雖低，但是有可能的。肯定跟否定都可以用。跟「かもしれない」相比，「とおもいます」、「だろう」的說話者，對自己推測都有較大的把握。其順序是：とおもいます＞だろう＞かもしれない。中文意思是：「也許…、可能…」。如例：

- 今日は大雨なので、電車が遅れるかもしれないね。
  今天下大雨，所以電車班次有可能延誤喔。
- 彼は、学校をやめるかもしれない。
  他說不定會辭去教職。

- 今日は曇っているので、富士山が見えないかもしれない。
  今天天空陰陰的，也許看不到富士山。
- パソコンの調子が悪いです。故障かもしれません。
  電腦操作起來不太順，或許故障了。

比　較 ▸▸▸▸ はずだ〔(按理說）應該…〕

「かもしれない」用在正確性較低的推測；「はずだ」是說話人根據事實或理論，做出有把握的推斷。

文法知多少？

☞ 請完成以下題目，從選項中，選出正確答案，並完成句子。

▼ 答案詳見右下角

1 （天気予報）明日は曇り（　　）。

1　でしょう　　　　2　だろうと思います

2 理恵ちゃんは、男は全部自分のものだ（　　）。

1　と思う　　　　2　と思っている

3 高かったんだから、きっとおいしい（　　）。

1　かもしれない　　　　2　はずだ

4 お金が空から降って（　　）。

1　こないはずだ　　　　2　くるはずがない

5 水も食べ物もなくて、（　　）になりました。

1　死にそう　　　　2　死ぬそう

6 足が大根の（　　）太くて、いやです。

1　ように　　　　2　みたいに

7 あそこの家、幽霊が出る（　　）よ。

1　らしい　　　　2　ようだ

答案：(1) 1　(2) 2　(3) 2　(4) 2
(5) 1　(6) 1　(7) 1

もんだい１　（　　）に　何を　入れますか。１・２・３・４から　いちばん　いい　ものを　一つ　えらんで　ください。

1　(教室で)

A「田中君は　今日は　学校を　休んで　いるね。」

B「風邪を　ひいて　いる（　　）よ。」

1　ので　　2　とか　　3　らしい　　4　ばかり

2　A「山本君は　まだ　来ませんね。」

B「来ると　言って　いたから　必ず　来る（　　）。」

1　ところです　　2　はずです　　3　でしょうか　　4　と　いいです

3　あの　雲を　見て　ください。犬の（　　）形を　してますよ。

1　みたいな　　2　そうな　　3　ような　　4　はずな

もんだい２　4　から　8　に　何を　入れますか。文章の　意味を　考えて、１・２・３・４から　いちばん　いい　ものを　一つ　えらんで　ください。

下の　文章は「日本の　秋」に　ついての　作文です。

「台風」

エイミー・ロビンソン

去年の　秋、わたしの　住む　町に　台風が　きました。天気予報では　とても　大きい　台風だと　放送して　いました。

アパートの　となりの　人が、「部屋の　外に　置いて　ある　ものが　飛んで　いく　**4**　から、部屋の　中に　**5**　よ。」と　言いました。わたしは、外に　出して　ある　ものが　飛んで　**6**　、中に　入れました。

夜に　なって、とても　強い　風が　ずっと　ふいて　いました。まどの　ガラスが　**7**　、とても　こわかったです。

朝に　なって　外に　出ると、空は　うその　ように　晴れて　いました。風に　**8**　飛んだ　木の葉が、道に　たくさん　落ちて　いました。

4

1　と　いい　　　2　かもしれない

3　はずが　ない　　　4　ことに　なる

5

1　入(い)れようと　する　　　2　入(い)れて　おくかもしれない

3　入(い)れて　おく　はずです　　　4　入(い)れて　おいた　ほうが　いい

6

1　いくのに　　　2　いくらしいので

3　いかないように　　　4　いくように

7

1　われそうで　　　2　われないで

3　われるらしく　　　4　われるように

8

1　ふく　　　2　ふいて　　　3　ふかせて　　　4　ふかれて

▼ 翻譯與詳解請見 P.204

Lesson 06

可能、難易、程度、引用及對象

可能、難易、程度、引用と対象

STEP 1_ 文法速記心智圖

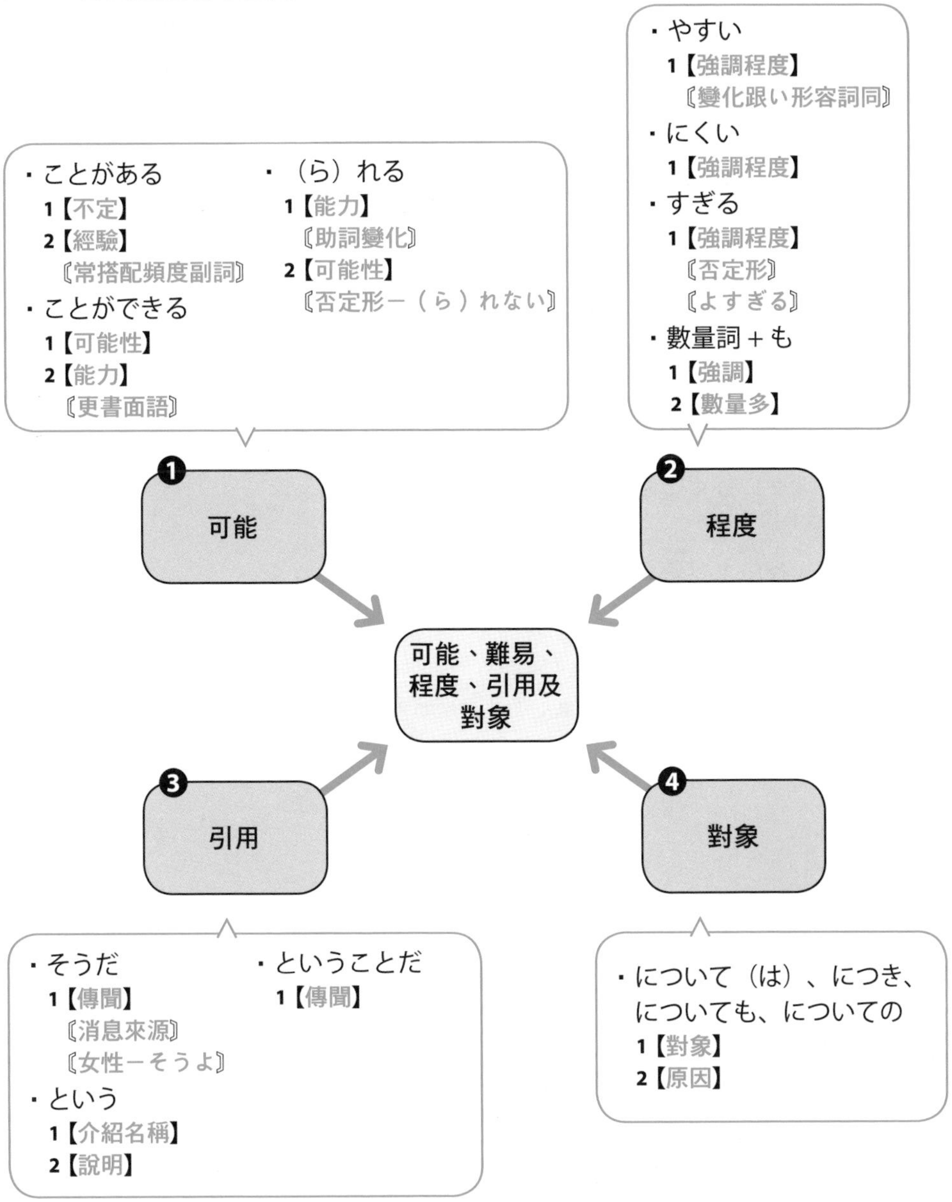

可能、難易、程度、引用及對象

❶ 可能

・ことがある
1【不定】
2【經驗】
〔常搭配頻度副詞〕
・ことができる
1【可能性】
2【能力】
〔更書面語〕
・（ら）れる
1【能力】
〔助詞變化〕
2【可能性】
〔否定形－（ら）れない〕

❷ 程度

・やすい
1【強調程度】
〔變化跟い形容詞同〕
・にくい
1【強調程度】
・すぎる
1【強調程度】
〔否定形〕
〔よすぎる〕
・數量詞＋も
1【強調】
2【數量多】

❸ 引用

・そうだ
1【傳聞】
〔消息來源〕
〔女性－そうよ〕
・という
1【介紹名稱】
2【說明】
・ということだ
1【傳聞】

❹ 對象

・について（は）、につき、についても、についての
1【對象】
2【原因】

Lesson 06 可能、難易、程度、引用と対象

▶ 可能、難易、程度、引用及對象

date. 1 ／ date. 2 ／

grammar 001 ことがある

1. 有時…、偶爾…；2. 有過…但沒有過…

Track N4-054

類義表現
ことができる
能…

接續方法 ▸▸▸ {動詞辭書形；動詞否定形}＋ことがある

意思 1

不定

表示有時或偶爾發生某事。中文意思是：「有時…、偶爾…」。如例：

・友達(ともだち)とカラオケに行(い)くことがある。
我和朋友去過卡拉ＯＫ。

・若(わか)いころは、夜中(よなか)まで遊(あそ)ぶこともあった。
年輕時，也曾玩到三更半夜。

比較 ▸▸▸ ことができる〔能…〕

「ことがある」表示有時或偶爾發生某事；「ことができる」表示能力，也就是能做某動作、行為。

意思 2

經驗

也有用「ことはあるが、ことはない」的形式，通常內容為談話者本身經驗。中文意思是：「有過…但沒有過…」。如例：

・私(わたし)は遅刻(ちこく)することはあるが、休(やす)むことはない。
我雖然曾遲到，但從沒請過假。

常搭配頻度副詞

常搭配「ときどき（有時）、たまに（偶爾）」等表示頻度的副詞一起使用，如例：

- 私たちはときどき、仕事の後に飲みに行くことがあります。
  我們經常會在下班後相偕喝兩杯。

ことができる

1. 可能、可以；2. 能…、會…

接續方法 ▸▸▸▸ {動詞辭書形}＋ことができる

意　思 1

可能性

表示在外部的狀況、規定等客觀條件允許時可能做。中文意思是：「可能、可以」。如例：

- この店では煙草を吸うことができません。
  這家店禁菸。
- 午後３時まで体育館を使うことができます。
  在下午三點之前可以使用體育館。
- 水曜日なら、1000 円で映画を見ることができる。
  每逢星期三，看電影可享有一千圓的優惠價。

意　思 2

能力

表示技術上、身體的能力上，是有能力做的。中文意思是：「能…、會…」。如例：

- 中山さんは 100 m泳ぐことができます。
  中山同學能夠游一百公尺。

更書面語

這種說法比「可能形」還要書面語一些。

比　較 ▸▸▸▸ (ら) れる〔會…〕
「ことができる」跟「(ら)れる」都表示能做某動作、行為，但接續不同，前者用「動詞辭書形＋ことができる」；後者用「一段動詞・カ變動詞可能形＋られる」或「五段動詞可能形；サ變動詞可能形さ＋れる」。另外，「ことができる」是比較書面的用法。

類義表現
できる
能…

(ら)れる

1. 會…、能…；2. 可能、可以

接續方法 ▸▸▸▸ {[一段動詞・カ變動詞] 可能形}＋られる；{五段動詞可能形；サ變動詞可能形さ}＋れる

意　思 ❶

能力

表示可能，跟「ことができる」意思幾乎一樣。只是「可能形」比較口語。表示技術上、身體的能力上，是具有某種能力的。中文意思是：「會…、能…」。如例：

・森(もり)さんは100m(メートル)を11秒(びょう)で走(はし)れる。
森同學跑百公尺只要十一秒。

比　較 ▸▸▸▸ できる〔能…〕
「(ら)れる」與「できる」都表示有可能會做某事。

助詞變化

日語中，他動詞的對象用「を」表示，但是在使用可能形的句子裡「を」常會改成「が」，但「に、へ、で」等保持不變，如例：

・私(わたし)は英語(えいご)とフランス語(ご)が話(はな)せます。
我會說英語和法語。

意　思 ❷

可能性

從周圍的客觀環境條件來看，有可能做某事。中文意思是：「可能、可以」。如例：

- いつかあんな高い車が買えるといいですね。
  如果有一天買得起那種昂貴的車，該有多好。

否定形－（ら）れない

否定形是「（ら）れない」，為「不會…；不能…」的意思，如例：

- 土曜日なら大丈夫ですが、日曜日は出かけられません。
  星期六的話沒問題，如果是星期天就不能出門了。

やすい

容易…、好…

接續方法 ▸▸▸▸ {動詞ます形}＋やすい

意　思 ❶

強調程度

表示該行為、動作很容易做，該事情很容易發生，或容易發生某種變化，亦或是性質上很容易有那樣的傾向，與「にくい」相對。中文意思是：「容易…、好…」。如例：

- やぶれやすい袋だから、重い物を入れないでください。
  假如是容易破裂的袋子，請不要盛裝重物。

- ここは便利で住みやすい。
  這地方生活便利，住起來很舒適。

比　較 ▸▸▸▸ にくい〔不容易…〕

「やすい」和「にくい」意思相反，「やすい」表示某事很容易做；「にくい」表示某事做起來有難度。

變化跟い形容詞同

「やすい」的活用變化跟「い形容詞」一樣，如例：

- 山口先生の話は分かりやすくて面白いです。
  山口教授講起話來簡單易懂又風趣。
- 雨の日は、道がすべりやすくて危ないです。
  下雨天道路濕滑容易摔跤，很危險。

にくい

不容易…、難…

接續方法 ▸▸▸▸ {動詞ます形}＋にくい

意　思 ❶

強調程度

表示該行為、動作不容易做，該事情不容易發生，或不容易發生某種變化，亦或是性質上很不容易有那樣的傾向。「にくい」的活用跟「い形容詞」一樣。與「やすい（容易…、好…）」相對。中文意思是：「不容易…、難…」。如例：

- この薬は、苦くて飲みにくいです。
  這種藥很苦，不容易嚥下去。
- このかばんは大きすぎて持ちにくいです。
  這個提包太大了，拎起來不方便。
- 12月は忙しくて、休みが取りにくいです。
  十二月份格外忙碌，很難請假。
- あの肉は硬くて食べにくかった。
  這塊肉很硬，吃起來太辛苦了。

比　較 ▸▸▸▸ づらい〔不好…〕

「にくい」是敘述客觀的不容易、不易的狀態；「づらい」是說話人由於心理或肉體上的因素，感覺做某事有困難。

すぎる

太…、過於…

接續方法 ▸▸▸▸ {[形容詞・形容動詞] 詞幹；動詞ます形} ＋すぎる

意　思 ❶

強調程度

表示程度超過限度，超過一般水平、過份的或因此不太好的狀態。中文意思是：「太…、過於…」。如例：

- 昨日は食べすぎてしまった。胃が痛い。
  昨天吃太多了，胃好痛。
- 友達へのお土産を買いすぎてしまい、お金がない。
  買太多要送給朋友的伴手禮，錢都花光了。

比　較 ▸▸▸▸ すぎだ〔太…〕

「すぎる」跟「すぎだ」都用在程度超過一般狀態，但「すぎる」結合另一個單字，作動詞使用；「すぎだ」的「すぎ」結合另一個單字，作名詞使用。

否定形

前接「ない」，常用「なさすぎる」的形式，如例：

- 学生なのに勉強しなさすぎるよ。
  現在還是學生，未免太不用功了吧！

よすぎる

另外，前接「良い（いい／よい）（優良）」，不會用「いすぎる」，必須用「よすぎる」，如例：

- 初めて会った人にお金を貸すとは、人が良すぎる。
  第一次見面的人就借錢給對方，心腸未免太軟了。

數量詞＋も

1. 多達…；2. 好…

Track N4-060

類義表現

～ばかり

…左右

接續方法 ▸▸▸▸ {數量詞}＋も

意　思 ❶

強調

前面接數量詞，用在強調數量很多、程度很高的時候，由於因人物、場合等條件而異，所以前接的數量詞雖不一定很多，但還是表示很多。中文意思是：「多達…」。如例：

- 彼はウイスキーを３本も買った。
  他足足買了三瓶威士忌。
- 私はもう 20 年も日本に住んでいます。
  我已經住在日本整整二十年了。

比　較 ▸▸▸▸ ～ばかり〔…左右〕

「數量詞＋も」與「ばかり」都表示數量，但「ばかり」的前面接的是名詞或動詞て形。

意　思 ❷

數量多

用「何＋助數詞＋も」，像是「何回も（好幾回）、何度も（好幾次）」等，表示實際的數量或次數並不明確，但說話者感覺很多。中文意思是：「好…」。如例：

- 昨日はコーヒーを何杯も飲んだ。
  昨天喝了好幾杯咖啡。
- 夕べは何度もトイレに行った。
  昨晚跑了好幾趟廁所。

そうだ

聽說…、據說…

Track N4-061

類義表現

ということだ

聽說…

接續方法 ▸▸▸▸ {[名詞・形容詞・形容動詞・動詞] 普通形}＋そうだ

意　思 ❶

傳聞

表示傳聞。表示不是自己直接獲得的，而是從別人那裡、報章雜誌或信上等處得到該信息。中文意思是：「聽說…、據說…」。如例：

- 先生（せんせい）の話（はなし）によると、彼女（かのじょ）は帰国（きこく）したそうだ。
  我聽醫師說，她已經回國了。
- 平野（ひらの）さんの話（はなし）によると、あの二人（ふたり）は来月結婚（らいげつけっこん）するそうです。
  我聽平野先生說，那兩人下個月要結婚了。

比　較 ▸▸▸▸ ということだ〔聽說…〕

「そうだ」不能改成「そうだった」，不過「ということだ」可以改成「ということだった」。另外，當知道傳聞與事實不符，或傳聞內容是推測的時候，不用「そうだ」，而是用「ということだ」。

消息來源

表示信息來源的時候，常用「～によると」（根據）或「～の話では」（說是…）等形式，如例：

- ニュースによると、北海道（ほっかいどう）で地震（じしん）があったそうだ。
  根據新聞報導，北海道發生地震了。

- メールによると、花子（はなこ）さんは来月（らいげつ）引（ひ）っ越（こ）しするそうです。
  電子郵件裡提到，花子小姐下個月要搬家了。

女性－そうよ

說話人為女性時，有時會用「そうよ」，如例：

- おばあさんの話（はなし）では、おじいさんは若（わか）いころモテモテだったそうよ。
  據奶奶的話說，爺爺年輕時很多女人倒追他呢！

という

叫做…

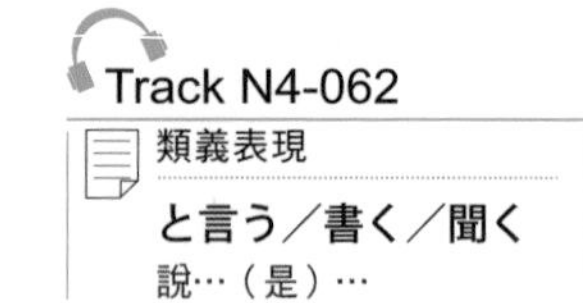

接續方法 ▸▸▸▸ {名詞；普通形}＋という

意　思 ❶

介紹名稱

前面接名詞，表示後項的人名、地名等名稱。中文意思是：「叫做…」。如例：

- 森田(もりた)さんという男(おとこ)の人(ひと)をご存知(ぞんじ)ですか。
  您認識一位姓森田的先生嗎？
- たこ焼(や)きという大阪(おおさか)の食(た)べ物(もの)を食(た)べたことがありますか。
  您吃過一種叫做章魚燒的大阪美食嗎？

意　思 ❷

說明

用於針對傳聞、評價、報導、事件等內容加以描述或說明，如例：

- 昔(むかし)、この地方(ちほう)では大(おお)きい火事(かじ)があったという話(はなし)です。
  傳說很久以前，這裡曾經發生過一場大火。
- 鈴木(すずき)さんが来年(らいねん)、京都(きょうと)へ転(てん)きんするといううわさを聞(き)いた。
  我聽說了鈴木小姐明年將會調派京都上班的傳聞。

比　較 ▸▸▸▸ と言(い)う／書(か)く／聞(き)く〔說…（是）…〕

「という」針對傳聞等內容提出來作說明；「と言う／書く／聞く」表示引用某人說過、寫過，或是聽到的內容。

ということだ

聽說…、據說…

接續方法 ▸▸▸▸ {簡體句}＋ということだ

意　　思 ❶

傳聞

表示傳聞，直接引用的語感強。直接或間接的形式都可以使用，而且可以跟各種時態的動詞一起使用。一定要加上「という」。中文意思是：「聽說…、據說…」。如例：

- 明日(あす)は今日(きょう)よりも寒(さむ)いということだ。
  聽說明天會比今天更冷。
- 来年(らいねん)から学費(がくひ)が上(あ)がるということだ。
  據說明年起學費將會調漲。
- 主人(しゅじん)の帰(かえ)りが遅(おそ)いということだから、先(さき)に寝(ね)よう。
  既然先生說他會很晚回來，那我就先睡吧。

- 王(ワン)さんはN2に合格(ごうかく)したということだ。
  聽說王同學通過了N2級測驗。

比　　較 ▸▸▸▸ という〔據說〕

「ということだ」表示傳聞；「という」表示傳聞，也表示不確定但已經流傳許久的傳說。

について（は）、につき、についても、についての

1. 有關…、就…、關於…；2. 由於…

Track N4-064

類義表現
に対して
向…

接續方法 ▸▸▸▸ {名詞}＋について（は）、につき、についても、についての

意　思 ❶

對象

表示前項先提出一個話題，後項就針對這個話題進行說明。中文意思是：「有關…、就…、關於…」。如例：

- 私はこの町の歴史について調べています。
  我正在調查這座城鎮的歷史。
- この学校について調べました。
  調查了這所學校的相關資訊。

比　較 ▸▸▸▸ に対して〔向…〕

「について」用來提示話題，再作說明；「に対して」表示動作施予的對象。

意　思 ❷

原因

要注意的是「～につき」也有「由於…」的意思，可以根據前後文來判斷意思。如例：

- 閉店につき、店の商品はすべて 90 ％ 引きです。
  由於即將結束營業，店內商品一律以一折出售。

- 準備中につき開店まで、もうしばらくお待ちください。
  目前還在準備，請於營業時間開始之前再稍待一下。

文法小秘方 3 ▸ 可能形

Grammar

動詞的可能形變化

1 第一類（五段動詞）

將動詞辭書形的詞尾，變為え段音(え、け、せ、て、ね…)假名，然後加上“る”就可以了。

例如：

行(い)く → 行(い)け → 行(い)ける

泳(およ)ぐ → 泳(およ)げ → 泳(およ)げる

買(か)う → 買(か)え → 買(か)える

2 第二類（一段動詞）

去掉動詞辭書形的詞尾る，然後加上“られる”就可以了。

例如：

居(い)る → 居(い)られる　　起(お)きる → 起(お)きられる

あげる → あげられる

補　充

省略“ら”的口語用法

在日語口語中，習慣將“られる”中的“ら”省略掉，變成“れる”，這種變化稱為「ら抜き言葉」（省略ら的詞），但這是不正確的日語用法，因此在文章或正式場合中，仍普遍使用“られる”。

例如：

食(た)べられる → 食(た)べれる　　見(み)られる → 見(み)れる

出(で)られる → 出(で)れる

❸ 第三類（カ・サ変動詞）

將来る變成“来られる”；將する變成“できる”就可以了。

例如：

来る → 来られる

する → できる

紹介する → 紹介できる

祕方習題 ▸ 請寫出下列表中動詞的可能形

❶ 送る	▶		⓫ 楽しむ	▶	
❷ 飲む	▶		⓬ 買い物する	▶	
❸ 聞く	▶		⓭ かける	▶	
❹ 換える	▶		⓮ 出る	▶	
❺ 待つ	▶		⓯ 会う	▶	
❻ 食事する	▶		⓰ 切る	▶	
❼ 出す	▶		⓱ 吸う	▶	
❽ 終わる	▶		⓲ 迎える	▶	
❾ 走る	▶		⓳ 借りる	▶	
❿ 休む	▶		⓴ 怒る	▶	

答案：❶ 送れる ❷ 飲める ❸ 聞ける ❹ 換えられる ❺ 待てる ❻ 食事できる ❼ 出せる ❽ 終われる ❾ 走れる ❿ 休める ⓫ 楽しめる ⓬ 買い物できる ⓭ かけられる ⓮ 出られる ⓯ 会える ⓰ 切れる ⓱ 吸える ⓲ 迎えられる ⓳ 借りられる ⓴ 怒れる

文法知多少？

☞ 請完成以下題目，從選項中，選出正確答案，並完成句子。

▼ 答案詳見右下角

1 私(わたし)はバイオリンが（　　）。

1　弾(ひ)くことができます　　2　弾(ひ)けます

2 この本(ほん)は字(じ)が大(おお)きいので、お年寄(としよ)りでも読(よ)み（　　）です。

1　やすい　　2　にくい

3 飲(の)み（　　）よ。もうやめたらどう。

1　すぎた　　2　すぎだ

4 週末(しゅうまつ)はいい天気(てんき)だろう（　　）。

1　そうだ　　2　ということだ

5 天気予報(てんきよほう)では晴(は)れ（　　）のに、雨(あめ)が降(ふ)ってきた。

1　という　　2　と言(い)った

6 彼女(かのじょ)は、男性(だんせい)（　　）は態度(たいど)が違(ちが)う。

1　について　　2　に対(たい)して

答案：(1) 2　(2) 1　(3) 2　(4) 2
(5) 2　(6) 2

もんだい1　（　　）に　何を　入れますか。1・2・3・4から　いちばん　いい　ものを　一つ　えらんで　ください。

1　「桃太郎」（　　）お話を　知って　いますか。

1　と　　2　と　いい　　3　と　いう　　4　と　思う

2　食べ（　　）大きさに　野菜を　切って　ください。

1　ている　　2　そうな　　3　にくい　　4　やすい

3　（本屋で）

客「日本の　歴史に　（　　）書かれた　本は　ありますか。」

店員「それなら　こちらの　棚に　ございます。」

1　ために　　2　ついての　　3　ついて　　4　つけて

4　歩き（　　）足が　痛く　なりました。

1　させて　　2　やすく　　3　出して　　4　すぎて

5　先生の　話に　よると、高木君の　お母さんは　看護師（　　）。

1　に　なる　　2　だそうだ　　3　ばかりだ　　4　そうだ

もんだい2　＿★＿に　入る　ものは　どれですか。1・2・3・4から　いちばん　いい　ものを　一つ　えらんで　ください。

6　「お電話で　＿＿　＿＿　＿★＿　＿＿　ご説明いたします。」

1　お話し　　2　ついて　　3　した　　4　ことに

7　（デパートで）

店員「どんな　服を　おさがしですか。」

客「家で　＿＿　＿＿　＿★＿　＿＿　もめんの　服を　さがして　います。」

1　せんたく　　2　ことが　　3　できる　　4　する

8　A「日本語の　どんな　ところが　むずかしいですか。」

B「外国人には　＿＿　＿＿　＿★＿　＿＿　ので、そこが　いちばん　むずかしいです。」

1　言葉が　　2　発音　　3　ある　　4　しにくい

▼ 翻譯與詳解請見 P.207

Lesson ▶ 07

變化、比較、經驗及附帶狀況

変化、比較、経験と付帯

STEP 1_ 文法速記心智圖

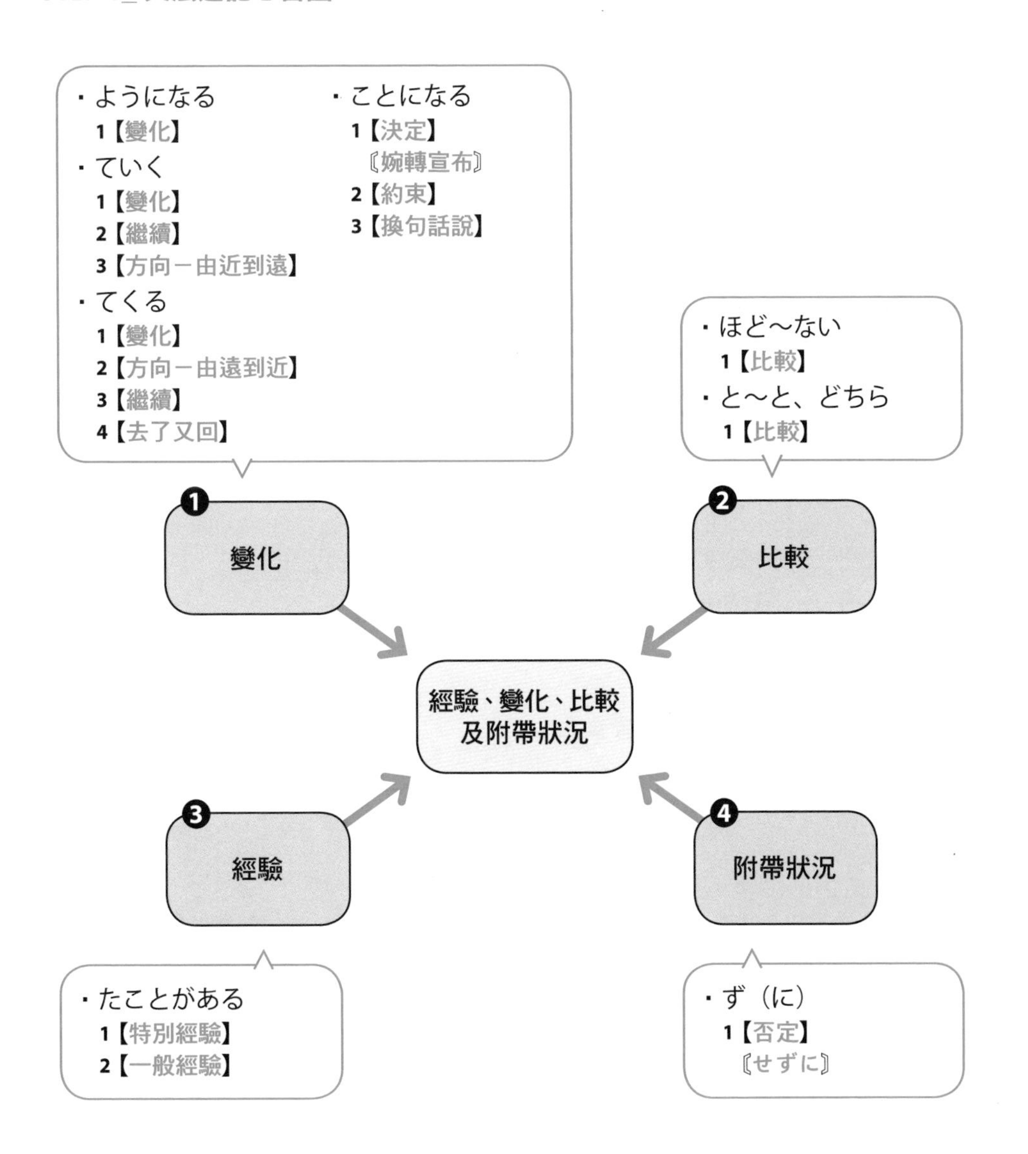

Lesson 07 変化、比較、経験と付帯

▶變化、比較、經驗及附帶狀況

date. 1　　／　　　date. 2　　／

Track N4-065

類義表現

ように

以便…

grammar 001 ようになる

（變得）…了

接續方法 ▸▸▸▸ {動詞辭書形；動詞可能形}＋ようになる

意　思 ❶

變化

表示是能力、狀態、行為的變化。大都含有花費時間，使成為習慣或能力。動詞「なる」表示狀態的改變。中文意思是：「（變得）…了」。如例：

・日本（にほん）に来（き）て、漢字（かんじ）が少（すこ）し読（よ）めるようになりました。
來到日本以後，漸漸能看懂漢字了。

・隣（となり）の赤（あか）ちゃんが、最近（さいきん）よく笑（わら）うようになってきた。
鄰居的小寶寶最近變得很愛笑了。

・親（おや）が忙（いそが）しいので、子供（こども）が家事（かじ）を手伝（てつだ）うようになった。
由於父母都忙，孩子也懂得幫忙做家事了。

・学生（がくせい）たちも学校（がっこう）でインターネットが使（つか）えるようになりました。
學生們現在已經能夠在學校上網了。

比　較 ▸▸▸▸ ように〔以便…〕

「ように」表示希望成為狀態、或希望發生某事態；「ようになる」表示花費時間，才能養成的習慣或能力。

Track N4-066

類義表現

てくる

…來

grammar 002 ていく

1. …下去；2. …起來；3. …去

接續方法 ▸▸▸ {動詞て形}＋いく

意　思 1

變化

表示動作或狀態的變化。中文意思是：「…下去」。如例：

・子供（こども）は大（おお）きくなると、親（おや）から離（はな）れていく。
孩子長大之後，就會離開父母的身邊。

比　較 ▸▸▸ てくる〔…來〕

「ていく」跟「てくる」意思相反，「ていく」表示某動作由近到遠，或是狀態由現在朝向未來發展；「てくる」表示某動作由遠到近，或是去某處做某事再回來。

意　思 2

繼續

表示動作或狀態，越來越遠地移動，或動作的繼續、順序，多指從現在向將來。中文意思是：「…起來」。如例：

・今後（こんご）は子供（こども）がもっと少（すく）なくなっていくでしょう。
看來今後小孩子會變得更少吧。

・自分（じぶん）の夢（ゆめ）のために、頑張（がんば）っていきます。
為了自己的夢想，我會努力奮鬥的。

意　思 3

方向－由近到遠

保留「行く」的本意，也就是某動作由近而遠，從說話人的位置、時間點離開。中文意思是：「…去」。如例：

・主人（しゅじん）はゴルフに行（い）くので、朝早（あさはや）く出（で）て行（い）った。
外子要去打高爾夫球，所以一大早就出門了。

てくる

1. …起來；2. …來；3. …起來、…過來；4.…（然後再）來…

接續方法 ▸▸▸▸ {動詞て形}＋くる

意　　思 ❶

變化

表示變化的開始。中文意思是：「…起來」。如例：

- 風（かぜ）が吹（ふ）いてきた。
  颳起風了。

意　　思 ❷

方向－由遠到近

保留「来る」的本意，也就是由遠而近，向說話人的位置、時間點靠近。中文意思是：「…來」。如例：

- あちらに富士山（ふじさん）が見（み）えてきましたよ。
  遠遠的那邊可以看到富士山喔。
- 雨（あめ）が降（ふ）ってきた。
  下起雨來了。

意　　思 ❸

繼續

表示動作從過去到現在的變化、推移，或從過去一直繼續到現在。中文意思是：「…起來、…過來」。如例：

- この歌（うた）は人々（ひとびと）に愛（あい）されてきた。
  這首歌曾經廣受大眾的喜愛。

比　　較 ▸▸▸▸ ～ておく〔事先…〕

「てくる」表示動作從過去一直繼續到現在，也表示出去再回來；「ておく」表示為了達到某種目的，先採取某行為做好準備，並使其結果的狀態持續下去。

意　　思④

去了又回

表示在其他場所做了某事之後，又回到原來的場所。中文意思是：「…（然後再）來…」。如例：

・先週（せんしゅう）ディズニーランドへ行（い）ってきました。
　上星期去了迪士尼樂園。

ことになる

1.（被）決定…；2. 規定…；3. 也就是說…

接續方法 ▸▸▸▸ {動詞辭書形；動詞否定形}＋ことになる

意　　思①

決定

表示決定。指說話人以外的人、團體或組織等，客觀地做出了某些安排或決定。中文意思是：「（被）決定…」。如例：

・ここで煙草（たばこ）を吸（す）ってはいけないことになった。
　已經規定禁止在這裡吸菸了。

比　　較 ▸▸▸▸ ようになる〔變得…〕

「ことになる」表示決定的結果。而某件事的決定跟自己的意志是沒有關係的；「ようになる」表示行為能力或某種狀態變化的結果。

婉轉宣布

用於婉轉宣布自己決定的事，如例：

・夏に帰国することになりました。
決定在夏天回國了。

意　思 ❷

約束

以「～ことになっている」的形式，表示人們的行為會受法律、約定、紀律及生活慣例等約束。中文意思是：「規定…」。如例：

・夏は、授業中に水を飲んでもいいことになっている。
目前允許夏季期間上課時得以飲水。

意　思 ❸

換句話說

指針對事情，換一種不同的角度或說法，來探討事情的真意或本質。中文意思是：「也就是說…」。如例：

・最近雨の日が多いので、つゆに入ったことになりますか。
最近常常下雨，已經進入梅雨季了嗎？

grammar 005 ほど～ない

不像…那麼…、沒那麼…

Track N4-069

類義表現
くらい（ぐらい）
沒有…像…那麼…

接續方法 ▸▸▸▸ {名詞；動詞普通形}＋ほど～ない

意　思 1

比較

表示兩者比較之下，前者沒有達到後者那種程度。這個句型是以後者為基準，進行比較的。中文意思是：「不像…那麼…、沒那麼…」。如例：

- 東京(とうきょう)の冬(ふゆ)は北海道(ほっかいどう)の冬(ふゆ)ほど寒(さむ)くないです。
  東京的冬天不像北海道的冬天那麼冷。
- 外(そと)は雨(あめ)だけど、傘(かさ)をさすほど降(ふ)っていない。
  外面雖然下著雨，但沒有大到得撐傘才行。

- 兄(あに)は父(ちち)ほど背(せ)が高(たか)くない。
  哥哥的身材沒有爸爸那麼高。
- 私(わたし)は彼女(かのじょ)ほど速(はや)く走(はし)れない。
  我沒辦法跑得像她那麼快。

比　較 ▸▸▸▸ くらい（ぐらい）〔沒有…像…那麼…〕

「ほど～ない」表示前者比不上後者，其中的「ほど」不能跟「くらい（ぐらい）」替換；「くらい（ぐらい）」表示沒有任何人事物能比得上前者。

grammar 006 と～と、どちら

在…與…中，哪個…

Track N4-070

類義表現

の中で

…中

接續方法 ▸▸▸▸ {名詞}＋と＋{名詞}＋と、どちら（のほう）が

意　　思 ❶

比較

表示從兩個裡面選一個。也就是詢問兩個人或兩件事，哪一個適合後項。在疑問句中，比較兩個人或兩件事，用「どちら」。東西、人物及場所等都可以用「どちら」。中文意思是：「在…與…中，哪個…」。如例：

・ビールとワインと、どちらがよろしいですか。
　啤酒和紅酒，哪一種比較好呢？

・朝食（ちょうしょく）はパンとご飯（はん）と、どちらのほうをよく食（た）べますか。
　早餐時麵包和米飯，比較常吃哪一種呢？

・石井先生（いしいせんせい）と高田先生（たかだせんせい）と、どちらがやさしいと思（おも）う。
　石井教授和高田教授這兩位，你覺得誰比較和藹呢？

・お父（とう）さんとお母（かあ）さん、どっちが厳（きび）しい。
　爸爸和媽媽，哪一位比較嚴厲呢？

比　　較 ▸▸▸▸ の中（なか）で〔…中〕

「と～と、どちら」用在從兩個項目之中，選出一項適合後面敘述的；「の中で」用在從廣闊的範圍裡，選出最適合後面敘述的。

grammar 007 たことがある

1. 曽經…過；2. 曽經…

接續方法 ▸▸▸▸ {動詞過去式}＋たことがある

意　思 ❶

特別經驗

表示經歷過某個特別的事件，且事件的發生離現在已有一段時間，大多和「小さいころ、むかし、過去に、今までに」等詞前後呼應使用。中文意思是：「曽經…過」。如例：

- 富士山(ふじさん)に登(のぼ)ったことがある。
  我爬過富士山。
- 日本(にほん)の有名(ゆうめい)な人(ひと)に会(あ)ったことがある。
  我曾見過日本的知名人士。

意　思 ❷

一般經驗

指過去曾經體驗過的一般經驗。中文意思是：「曽經…」。如例：

- お寿司(すし)を食(た)べたことがありますか。
  您吃過壽司嗎？
- スキーをしたことがありますか。
  請問您滑過雪嗎？

比　較 ▸▸▸▸ ことがある〔有時…〕

「たことがある」用在過去的經驗；「ことがある」表示有時候會做某事。

ず（に）

不…地、沒…地

接續方法 ▸▸▸▸ {動詞否定形(去ない)}＋ず(に)

意　思 ❶

否定

「ず」雖是文言，但「ず（に）」現在使用得也很普遍。表示以否定的狀態或方式來做後項的動作，或產生後項的結果，語氣較生硬，具有副詞的作用，修飾後面的動詞，相當於「～ない（で）」。中文意思是：「不…地、沒…地」。如例：

- 昨日（きのう）は遊（あそ）ばずに勉強（べんきょう）しました。
  昨天沒有偷閒玩樂，認真用功了。
- 今週（こんしゅう）はお金（かね）を使（つか）わずに生活（せいかつ）ができた。
  這一週成功完成了零支出的生活。

比　較 ▸▸▸▸ まま〔…著〕

「ず（に）」表示沒做前項動作的狀態下，做某事；「まま」表示維持前項的狀態下，做某事。

せずに

當動詞為サ行變格動詞時，要用「せずに」，如例：

- 勉強（べんきょう）せずにテストを受（う）けた。
  沒讀書就去考試了。
- 学校（がっこう）から帰（かえ）ってきて、宿題（しゅくだい）をせずに出（で）て行（い）った。
  一放學回來，連功課都沒做就又跑出門了。

文法知多少？

☞ 請完成以下題目，從選項中，選出正確答案，並完成句子。

▼ 答案詳見右下角

1 前(まえ)に屋久島(やくしま)に（　　）ことがある。

1　行(い)った　　　2　行(い)く

2 20歳(はたち)になって、お酒(さけ)が飲(の)める（　　）。

1　ようにした　　　2　ようになった

3 雨(あめ)が降(ふ)っ（　　）。

1　ていきました　　　2　てきました

4 納豆(なっとう)は臭豆腐(しゅうどうふ)ほど（　　）。

1　臭(くさ)くない　　　2　臭(くさ)い食(た)べ物(もの)はない

5 クラスで（　　）がいちばん足(あし)が速(はや)いですか。

1　どちら　　　2　誰(だれ)

6 歯(は)を（　　）寝(ね)てしまった。

1　磨(みが)かずに　　　2　磨(みが)いたまま

答案：(1) 1　(2) 2　(3) 2　(4) 1
(5) 2　(6) 1

もんだい1　（　　）に　何を　入れますか。1・2・3・4から　いちばん　いい　ものを　一つ　えらんで　ください。

1 王（おう）さんは　林（りん）さん　（　　）　足（あし）が　速（はや）く　ない。

1　まで　　2　ほど　　3　なら　　4　ので

2 夕方（ゆうがた）に　なると　空（そら）の　色（いろ）が　（　　）。

1　変（か）えて　ください　　2　変（か）わって　ください

3　変（か）えて　いきます　　4　変（か）わって　いきます

3 A「鈴木（すずき）さんを　知（し）って　いますか。」

B「はい。ときどき　電車（でんしゃ）の　中（なか）で　（　　）。」

1　会（あ）わなくても　いいです　　2　会（あ）う　ことが　あります

3　会（あ）うと　思（おも）います　　4　会（あ）って　みます

4 電気（でんき）を　つけた（　　）　寝（ね）て　しまった。

1　だけ　　2　まま　　3　まで　　4　ばかり

5 弟（おとうと）は　何（なに）も　（　　）　遊（あそ）びに　行（い）きました。

1　食（た）べると　　2　食（た）べて　　3　食（た）べない　　4　食（た）べずに

6 コーヒーと　紅茶（こうちゃ）と、（　　）　好（す）きですか。

1　とても　　2　ぜんぶ　　3　かならず　　4　どちらが

もんだい2　＿＿★＿＿に　入る　ものは　どれですか。1・2・3・4から　いちばん　いい　ものを　一つ　えらんで　ください。

7 A「この　人（ひと）が　出（で）た　＿＿＿　＿＿＿　＿★＿　＿＿＿　ありますか。

B「10年前（ねんまえ）に　一度（いちど）　見（み）ました。」

1　ことが　　2　を　　3　見（み）た　　4　えいが

8 A「お昼（ひる）ごはんは　いつも　どうして　いるのですか。」

B「いつもは　近（ちか）くの　店（みせ）で　食（た）べるのですが、今日（きょう）は、

おべんとう　＿＿＿　＿＿＿　＿★＿　＿＿＿　きました。」

1　作（つく）って　　2　家（いえ）　　3　で　　4　を

▼ 翻譯與詳解請見 P.209

Lesson 08

行為的開始與結束等

行為の開始と終了等

STEP 1_ 文法速記心智圖

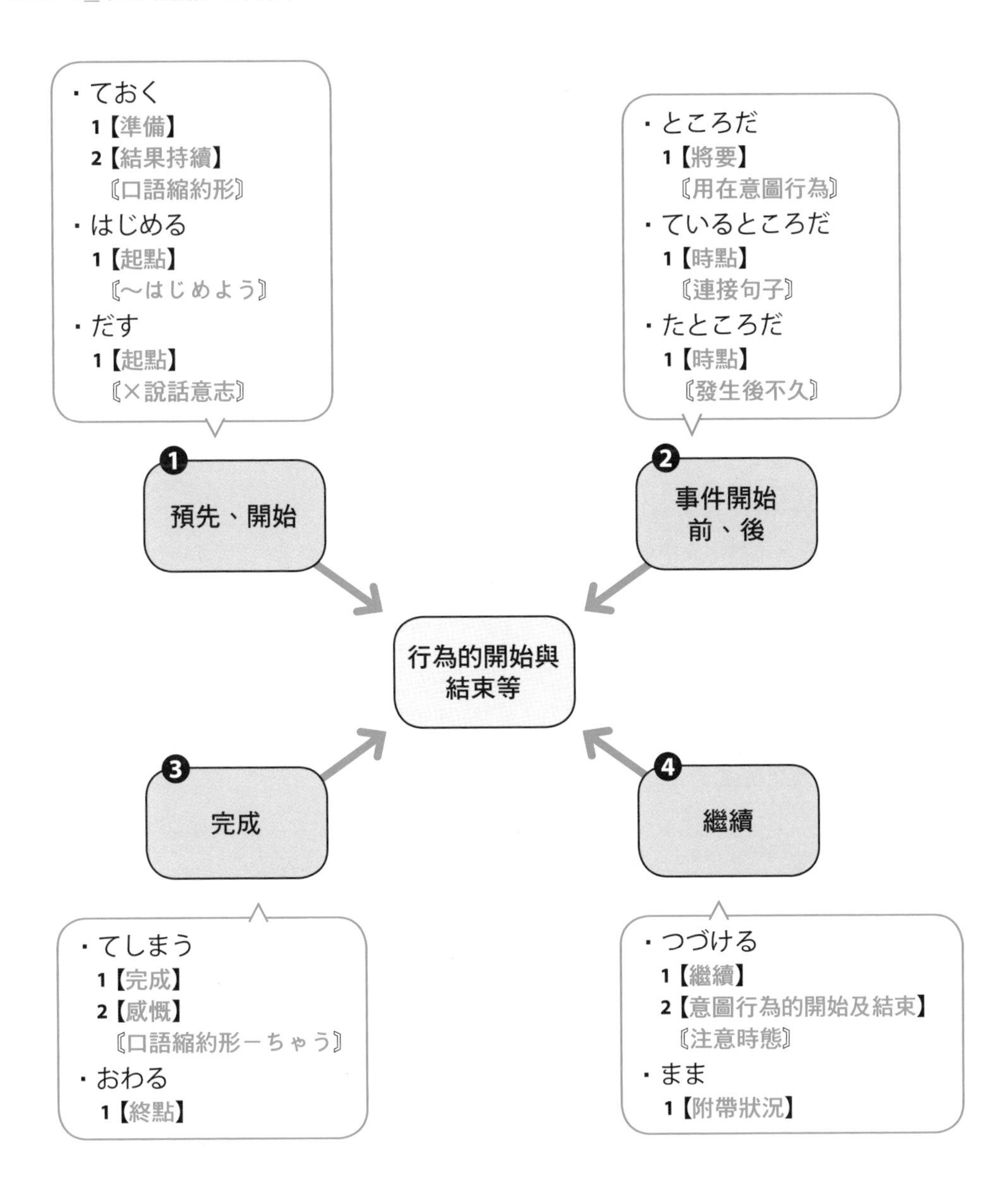

Lesson 08 行為の開始と終了等

▶ 行為的開始與結束等

date. 1 ／ date. 2 ／

ておく

1. 先…、暫且…；2. …著

Track N4-073

類義表現
～てある
已…了

接續方法 ▸▸▸▸ {動詞て形}＋おく

意　思 1

準備

表示為將來做準備，也就是為了以後的某一目的，事先採取某種行為。中文意思是：「先…、暫且…」。如例：

- 漢字は、授業の前に予習しておきます。
  漢字的部分會在上課前先預習。
- 食事が終わったらお皿を洗っておきます。
  吃完飯之後會把盤子洗乾淨。

比　較 ▸▸▸▸ ～てある〔已…了〕

「ておく」表示為了某目的，先做某動作；「てある」表示抱著某個目的做了某事，而且已完成動作的狀態持續到現在。

意　思 2

結果持續

表示考慮目前的情況，採取應變措施，將某種行為的結果保持下去或放置不管。中文意思是：「…著」。如例：

- 友達が来るからケーキを買っておこう。
  朋友要來作客，先去買個蛋糕吧。

口語縮約形

「ておく」口語縮略形式為「とく」，「でおく」的縮略形式是「どく」。例如：「言っておく（話先講在前頭）」縮略為「言っとく」。如例：

- 田中君に明日 10 時に来て、って言っとくね。
  記得轉告田中，明天十點來喔！

はじめる

開始…

接續方法 ▸▸▸▸ {動詞ます形}＋はじめる

意　思 ❶

起點

表示前接動詞的動作、作用的開始，也就是某動作、作用很清楚地從某時刻就開始了。前面可以接他動詞，也可以接自動詞。中文意思是：「開始…」。如例：

- 最近、日本語の歌を聞き始めた。
  最近開始聽日文歌了。
- 今年もインフルエンザになる人が増えはじめました。
  今年染上流行性感冒的病患人數開始增加了。
- 先月から猫を飼い始めました。
  從上個月開始養貓了。
- 勉強し始める前にシャワーを浴びます。
  在用功之前先去沖澡。

比　較 ▸▸▸▸ だす〔…起來〕

「はじめる」跟「だす」用法差不多，但表說話人意志的句子不用「だす」。

～はじめよう

可以和表示意志的「（よ）う／ましょう」一起使用。

だす

…起來、開始…

接續方法 ▸▸▸▸ {動詞ます形}＋だす

意　　思 ❶

起點

表示某動作、狀態的開始。有以人的意志很難抑制其發生，也有短時間內突然、匆忙開始的意思。中文意思是：「…起來、開始…」。如例：

- 最近、友達が次々と結婚し出した。
  這陣子，朋友一個接一個結婚了。
- お母さんが離れると、子供は大きい声で泣き出した。
  媽媽一離開，孩子就放聲大哭了起來。
- おいしいお菓子は、食べ出したら止まらない。
  好吃的餅乾一旦咬下第一口，就會吃個不停。
- 会議中に社長が急に怒り出した。
  開會時總經理突然震怒了。

比　　較 ▸▸▸▸ かける〔…到一半〕

「だす」繼續的動作中，說話者的著眼點在開始的部分；「かける」表示動作已開始，做到一半。著眼點在進行過程中。

× 說話意志

不能使用在表示說話人意志時。

grammar 004 ところだ

剛要…、正要…

Track N4-076

類義表現

ているところだ

正在…

接續方法 ▸▸▸▸ {動詞辭書形}＋ところだ

意　思 ❶

將要

表示將要進行某動作，也就是動作、變化處於開始之前的階段。中文意思是：「剛要…、正要…」。如例：

・もうすぐ２時(じ)になるところです。
現在快要兩點了。

・今(いま)から山(やま)に登(のぼ)るところだ。
現在正準備爬山。

・ちょうど出(で)かけるところです。
現在正要出門。

・「早(はや)く薬(くすり)を飲(の)みなさい。」「今(いま)、飲(の)むところだよ。」
「快點吃藥！」「現在正要吃啦！」

比　較 ▸▸▸▸ ているところだ〔正在…〕

「ところだ」是指正開始要做某事；「ているところだ」是指正在做某事，也就是動作進行中。

用在意圖行為

不用在預料階段，而是用在有意圖的行為，或很清楚某變化的情況。

ているところだ

正在…、…的時候

Track N4-077

類義表現

ていたところだ

（當時）正在…

接續方法 ▸▸▸▸ {動詞て形}＋いるところだ

意　思 ❶

時點

表示正在進行某動作，也就是動作、變化處於正在進行的階段。中文意思是：「正在…、…的時候」。如例：

- 今、かたづけているところです。
  現在正在收拾。
- 警察は昨日の事故の原因を調べているところです。
  警察正在調查昨天那起事故的原因。

- もう少し待っていて。今駅に向かっているところです。
  請再等一下，我已經出發前往車站了。
- 家に帰ると、母がケーキを焼いているところだった。
  那時一回到家，媽媽恰巧在烤蛋糕。

比　較 ▸▸▸▸ ていたところだ〔（當時）正在…〕

「ているところだ」表示動作、變化正在進行中的時間；「ていたところだ」表示從過去到句子所說的時點為止，該狀態一直持續著。

連接句子

如為連接前後兩句子，則可用「ているところに」，如例：

- 彼の話をしているところに、彼がやってきた。
  正說他，他人就來了。

grammar 006 ～たところだ

剛…

Track N4-078

類義表現

ているところ

正在…

接續方法 ▸▸▸▸ {動詞た形}＋ところだ

意　思 ❶

時點

表示剛開始做動作沒多久，也就是在「…之後不久」的階段。中文意思是：「剛…」。如例：

- たった今(いま)バスが出(で)たところなので、少(すこ)し遅(おく)れます。
  巴士剛剛開走，所以請稍等一下。
- 木村(きむら)さんは今(いま)ちょうど帰(かえ)ったところです。
  木村先生現在剛好回來了。
- 今(いま)、出(で)かけられません。お客(きゃく)さんが来(き)たところですから。
  我現在不能出門，因為來了客人。
- さっき、仕事(しごと)が終(お)わったところです。
  工作就在剛才結束了。

比　較 ▸▸▸▸ ているところ〔正在…〕

兩者意思都是「剛…」之意，但「たところだ」只表示事情剛發生完的階段，「ているところ」則是事情正在進行中的階段。

發生後不久

跟「～たばかりだ」比較，「～たところだ」強調開始做某事的階段，但「～たばかりだ」則是一種從心理上感覺到事情發生後不久的語感，如例：

- この洋服(ようふく)は先週(せんしゅう)買(か)ったばかりです。
  這件衣服上週剛買的。

てしまう

1. …完；2. …了

接續方法 ▸▸▸▸ {動詞て形}＋しまう

意　思 ❶

完成

表示動作或狀態的完成，常接「すっかり（全部）、全部（全部）」等副詞、數量詞。如果是動作繼續的動詞，就表示積極地實行並完成其動作。中文意思是：「…完」。如例：

- おいしかったので、全部(ぜんぶ)食(た)べてしまった。
  因為太好吃了，結果統統吃光了。
- 会議室(かいぎしつ)の掃除(そうじ)はもうしてしまいました。
  會議室已經整理過了。

意　思 ❷

感慨

表示出現了說話人不願意看到的結果，含有遺憾、惋惜、後悔等語氣，這時候一般接的是無意志的動詞。中文意思是：「…了」。如例：

- 電車(でんしゃ)に忘(わす)れ物(もの)をしてしまいました
  把東西忘在電車上了。

比　較 ▸▸▸▸ ～おわる〔結束〕

「てしまう」跟「おわる」都表示動作結束、完了，但「てしまう」用「動詞て形＋しまう」，常有說話人積極地實行，或感到遺憾、惋惜、後悔的語感；「おわる」用「動詞ます形＋おわる」，是單純的敘述。

口語縮約形
ーちゃう

若是口語縮約形的話，「てしまう」是「ちゃう」，「でしまう」是「じゃう」。如例：

・ごめん、昨日のワイン飲んじゃった。
對不起，昨天那瓶紅酒被我喝完了。

Track N4-080

おわる
結束、完了、…完

類義表現
だす
…起來

接續方法 ▸▸▸▸ {動詞ます形}＋おわる

意　思 1

終點

接在動詞ます形後面，表示事情全部做完了，或動作或作用結束了。動詞主要使用他動詞。中文意思是：「結束、完了、…完」。如例：

・図書館で借りた本を、今、読み終わりました。
向圖書館借來的書，現在已經看完了。

・授業が終わりました。
課程結束了。

・学校が終わったら、すぐに家に帰ってください。
放學後，請立刻回家。

・飲み終わったら、瓶をごみ箱に捨ててください。
喝完以後，請把空瓶丟進回收籃裡。

比　較 ▸▸▸▸ だす〔…起來〕
「おわる」表示事情全部做完了，或動作或作用結束了；「だす」表示某動作、狀態的開始。

grammar 009 つづける

1. 連續…、繼續…；2. 持續…

接續方法 ▸▸▸▸ {動詞ます形}＋つづける

意　思 ❶

繼續

表示連續做某動作，或還繼續、不斷地處於同樣的狀態。中文意思是：「連續…、繼續…」。如例：

- 明日は一日中雨が降り続けるでしょう。
  明日應是全天有雨。
- 日本語学校を卒業しても、日本語を勉強し続けます。
  即使從日語學校畢業之後，仍然繼續學習日語。

比　較 ▸▸▸▸ つづけている〔繼續…〕

「つづける」跟「つづけている」都是指某動作處在「繼續」的狀態，但「つづけている」表示動作、習慣到現在仍持續著。

意　思 ❷

意圖行為的開始及結束

表示持續做某動作、習慣，或某作用仍然持續的意思。中文意思是：「持續…」。如例：

- 先生からもらった辞書を今も使いつづけている。
  老師贈送的辭典，我依然愛用至今。
- 父は 40 年間働き続けました。
  家父工作了四十載歲月。

注意時態

現在的事情用「～つづけている」，過去的事情用「～つづけました」。

まま

…著

接續方法 ▸▸▸▸ {名詞の；形容詞辭書形；形容動詞詞幹な；動詞た形}＋まま

意　思 ❶

附帶狀況

表示附帶狀況，指一個動作或作用的結果，在這個狀態還持續時，進行了後項的動作，或發生後項的事態。「そのまま」表示就這樣，不要做任何改變。中文意思是：「…著」。如例：

- クーラーをつけたままで寝(ね)てしまった。
  冷氣開著沒關就這樣睡著了。

- 窓(まど)を開(あ)けたまま出(で)かけてしまいました。
  開著窗子就這樣出門了。
- 明日(あした)も使(つか)いますから、そのままにしておいてください。
  明天還要用，請放著就好。

- 彼女(かのじょ)はバッグを置(お)いたままどこかへ行(い)ってしまった。
  她的皮包還擺在這裡，人卻不知道上哪裡去了。

比　較 ▸▸▸▸ まだ〔還…〕

「まま」表示在前項沒有變化的情況下就做了後項；「まだ」表示某狀態從過去一直持續到現在，或表示某動作到目前為止還繼續著。

文法知多少？

☞ 請完成以下題目，從選項中，選出正確答案，並完成句子。

▼ 答案詳見右下角

1 ビールを冷(ひ)やし（　　）。

1　ておきましょうか　2　てありましょうか

2 ピアノを習(なら)い（　　）つもりだ。

1　はじめる　　2　だす

3 もうすぐ7時(じ)のニュースが（　　）。

1　始(はじ)まるところだ　2　始(はじ)まっているところだ

4 先月結婚(せんげつけっこん)（　　）なのに、夫(おっと)が死(し)んでしまった。

1　したところ　　2　したばかり

5 失恋(しつれん)し（　　）。

1　てしまいました　2　終(お)わりました

6 祭(まつ)りの夜(よる)、人々(ひとびと)は朝(あさ)まで踊(おど)り（　　）。

1　続(つづ)けた　　2　続(つづ)けていた

答案：(1) 1　(2) 1　(3) 1　(4) 2
(5) 1　(6) 1

もんだい１　（　　　）に　何を　入れますか。１・２・３・４から　いちばん　いい　ものを　一つ　えらんで　ください。

1　（電話で）

山田「もしもし。田中君は　今　何を　して　いますか。」

田中「今　お昼ご飯を　食べて　いる　（　　　）。」

1　と　思います　2　そうです　3　ところです　4　ままです

2　友だちに　聞いた　（　　　）、誰も　彼の　ことを　知らなかった。

1　ところ　2　なら　3　ために　4　から

3　A「あなたが　帰る　前に、部屋の　そうじを　して（　　　）。」

B「ありがとうございます。」

1　おきます　2　いません　3　ほしい　4　ください

もんだい２　[4]　から　[8]　に　何を　入れますか。文章の　意味を　考えて、１・２・３・４から　いちばん　いい　ものを　一つ　えらんで　ください。

下の　文章は、ソンさんが　本田さんに　送った　お礼の　手紙です。

> 本田様
>
> [4]　暑い　日が　つづいて　いますが、その後、おかわり　ありませんか。
>
> 8月の　旅行では　たいへん　[5]　、ありがとう　ございました。海で　泳いだり、船に　[6]　して、とても　楽しかったです。わたしの　国では、近くに　海が　なかったので、いろいろな　ことが　みんな　はじめての　経験でした。
>
> わたしの　国の　料理を　いっしょに　作って　みんなで　食べたことを、ときどき　[7]　います。
>
> みな様と　いっしょに　とった　写真が　できましたので、[8]　。
>
> また、いつか　お会いできる　日を　楽しみに　して　おります。
>
> 9月 10日
>
> ソン・ホア

4

1　もう　　2　まだ　　3　まず　　4　もし

5

1　お世話(せわ)をして
2　お世話(せわ)いたしまして
3　世話(せわ)をもらい
4　お世話(せわ)になり

6

1　乗(の)せたり　　2　乗(の)ったり　　3　乗(の)るだけ　　4　乗(の)るように

7

1　思(おも)い出(だ)すなら
2　思(おも)い出(だ)したら
3　思(おも)い出(だ)して
4　思(おも)い出(だ)されて

8

1　お送(おく)りいただきます
2　お送(おく)りさせます
3　お送(おく)りします
4　お送(おく)りして　くれます

▼ 翻譯與詳解請見 P.212

Lesson 09

理由、目的及並列

理由、目的と並列

STEP 1_ 文法速記心智圖

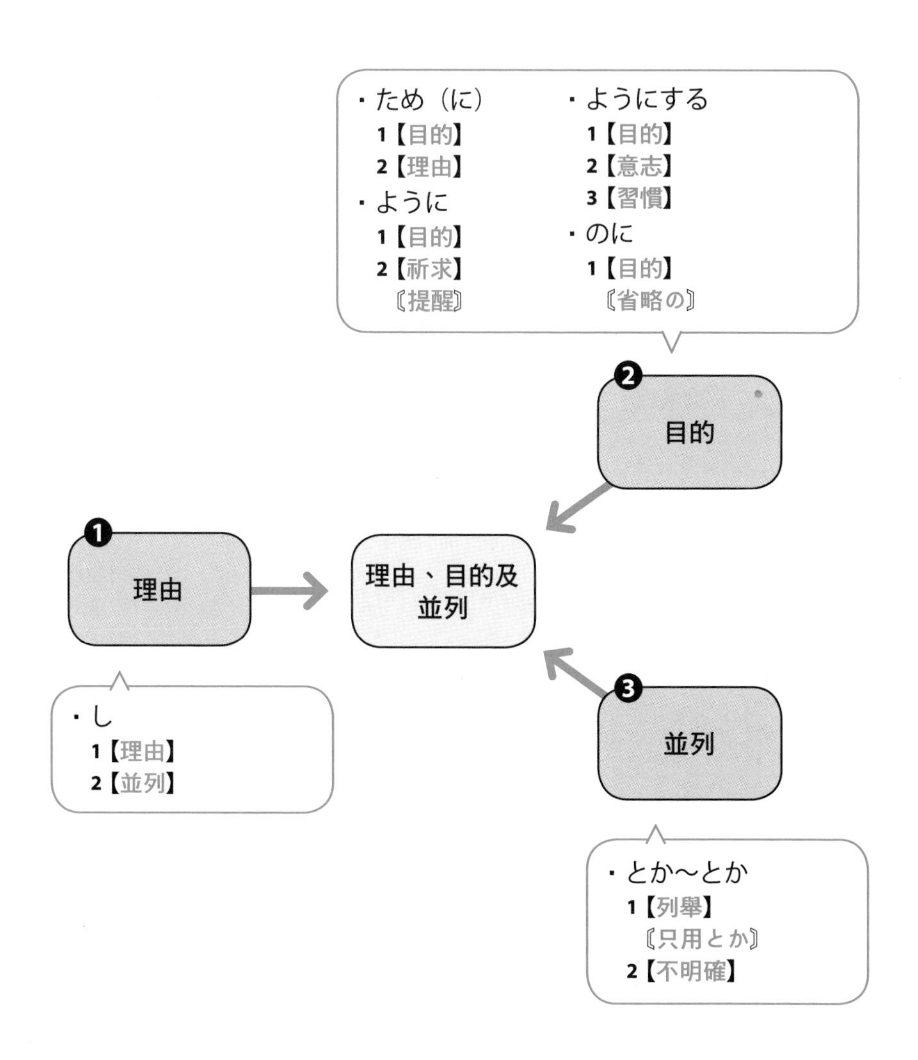

Lesson 09 理由、目的と並列

▶ 理由、目的及並列

date. 1 ／　　　date. 2 ／

し

1. 因為…；2. 既…又…、不僅…而且…

接續方法 ▸▸▸▸ {[形容詞・形容動詞・動詞] 普通形} ＋し

意　思 ❶

理由

表示理由，但暗示還有其他理由。是一種表示因果關係較委婉的說法，但前因後果的關係沒有「から」跟「ので」那麼緊密。中文意思是：「因為…」。如例：

・日本は物価が高いし、忙しいし、生活が大変です。
　居住日本不容易，不僅物價高昂，而且人人繁忙。

比　較 ▸▸▸▸ から〔因為…〕

「し」跟「から」都可表示理由，但「し」暗示還有其他理由，「から」則表示說話人的主觀理由，前後句的因果關係較明顯。

意　思 ❷

並列

用在並列陳述性質相同的複數事物同時存在，或說話人認為兩事物是有相關連的時候。中文意思是：「既…又…、不僅…而且…」。如例：

・田中先生は面白いし、みんなに親切だ。
　田中老師不但幽默風趣，對大家也很和氣。

・私の国は、静かだし自然も多い。
　我的故鄉不僅是個寧靜的小鎮，還有可以盡情賞覽的自然美景。

・頭も痛いし、熱もある。
不只頭痛，還發燒。

ため(に)

1. 以…為目的，做…、為了…；2. 因為…所以…

意　思 ❶

目的

{名詞の；動詞辭書形}＋ため（に）。表示為了某一目的，而有後面積極努力的動作、行為，前項是後項的目標，如果「ため（に）」前接人物或團體，就表示為其做有益的事。中文意思是：「以…為目的，做…、為了…」。如例：

・試合に勝つために、一生懸命練習をしています。
為了贏得比賽，正在拚命練習。

・大学に入るために、日夜遅くまで勉強している。
為了考上大學，每晚都用功到深夜。

意　思 ❷

理由

{名詞の；[動詞・形容詞]普通形；形容動詞詞幹な}＋ため（に）。表示由於前項的原因，引起後項不尋常的結果。中文意思是：「因為…所以…」。如例：

・事故のために、電車が遅れている。
由於發生事故，電車將延後抵達。

・パソコンが壊れてしまったため、資料が作れない。
由於電腦壞掉了，所以沒辦法製作資料檔。

比　較 ▸▸▸▸ ので〔因為…〕

「ため（に）」跟「ので」都可以表示原因，但「ため（に）」後面會接一般不太發生，比較不尋常的結果，前接名詞時用「N＋のため（に）」；「ので」後面多半接自然會發生的結果，前接名詞時用「N＋なので」。

ように

1.以便…、為了…；2.請…、希望…

接續方法 ▸▸▸▸ {動詞辭書形；動詞否定形}＋ように

意　　思 ❶

目的

表示為了實現「ように」前的某目的，而採取後面的行動或手段，以便達到目的。中文意思是：「以便…、為了…」。如例：

・よく眠（ねむ）れるように、牛乳（ぎゅうにゅう）を飲（の）んだ。
為了能夠睡個好覺而喝了牛奶。

比　　較 ▸▸▸▸ ため（に）〔為了…〕

「ように」跟「ため（に）」都表示目的，但「ように」用在為了某個期待的結果發生，所以前面常接不含人為意志的動詞（自動詞或動詞可能形等）；「ため（に）」用在為了達成某目標，所以前面常接有人為意志的動詞。

意　　思 ❷

祈求

表示祈求、願望、希望、勸告或輕微的命令等。有希望成為某狀態，或希望發生某事態，向神明祈求時，常用「動詞ます形＋ますように」。中文意思是：「請…、希望…」。如例：

・明日（あした）晴（は）れますように。
祈禱明天是個大晴天。

・今年（ことし）は結婚（けっこん）できますように。
祈求能在今年結婚。

提醒

用在老師提醒學生時或上司提醒部屬時，如例：

・山田さんに、あとで事務所に来るように言ってください。
請轉告山田先生稍後過來事務所一趟。

ようにする

1. 使其…；2. 爭取做到…；3. 設法使…

接續方法 ▸▸▸▸ {動詞辭書形；動詞否定形}＋ようにする

意　思 ❶

目的

表示對某人或事物，施予某動作，使其起作用。中文意思是：「使其…」。如例：

・子供が壊さないように、眼鏡を高い所に置いた。
為了避免小孩觸摸，把眼鏡擺在高處了。

意　思 ❷

意志

表示説話人自己將前項的行為、狀況當作目標而努力，或是説話人建議聽話人採取某動作、行為時。中文意思是：「爭取做到…」。如例：

・子供は電車では立つようにしましょう。
小孩在電車上就讓他站著吧。

意　思 ❸

習慣

如果要表示下決心要把某行為變成習慣，則用「ようにしている」的形式。中文意思是：「設法使…」。如例：

- 毎日、日記を書くようにしています。
  現在天天寫日記。
- 毎日、自分で料理を作るようにしています。
  目前每天都自己做飯。

比　較 ▸▸▸▸ ようになる〔(變得）…了〕
「ようにする」指設法做到某件事；「ようになる」表示養成了某種習慣、狀態或能力。

のに

用於…、為了…

接續方法 ▸▸▸▸ {動詞辭書形}＋のに；{名詞}＋に

意　思 ❶

目的

是表示將前項詞組名詞化的「の」，加上助詞「に」而來的。表示目的、用途、評價及必要性。中文意思是：「用於…、為了…」。如例：

- この本は日本語の勉強をするのに便利です。
  這本書用來學習日文很方便。
- ハワイに行くのに、いくらかかりますか。
  如果去夏威夷，要花多少錢呢？

- このお金は、新しい車を買うのに使います。
  這筆錢是為了購買新車而準備的。
- N4 に合格するのに、どれぐらい時間がいりますか。
  若要通過 N4 測驗，需要花多久時間準備呢？

比　較 ▸▸▸▸ ため（に）〔以…為目的〕

「のに」跟「ため（に）」都表示目的，但「のに」後面要接「使う」（使用）、「必要だ」（必須）、「便利だ」（方便）、「かかる」（花［時間、金錢］）等詞，用法沒有像「ため（に）」那麼自由。

省略の

後接助詞「は」時，常會省略掉「の」，如例：

- 病気を治すには、時間が必要だ。
  治好病，需要時間。

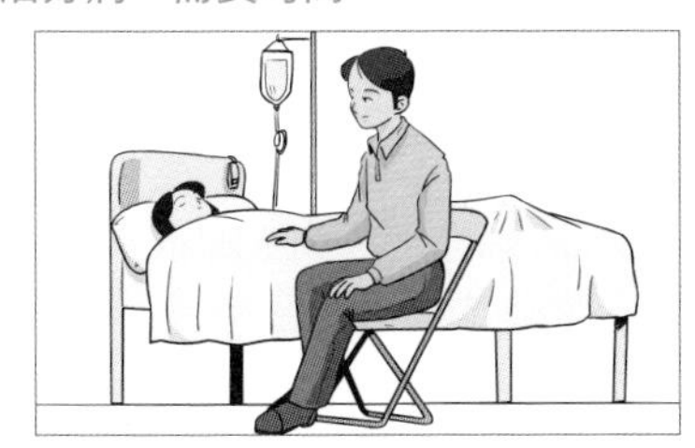

とか～とか

1. …啦…啦、…或…、及…；2. 又…又…

接續方法 ▸▸▸▸ {名詞；［形容詞・形容動詞・動詞］辭書形} ＋とか＋ {名詞；［形容詞・形容動詞・動詞］辭書形} ＋とか

意　思 ❶

列舉

「とか」上接同類型人事物的名詞之後，表示從各種同類的人事物中選出幾個例子來説，或羅列一些事物，暗示還有其它，是口語的説法。中文意思是：「…啦…啦、…或…、及…」。如例：

- パンとか牛乳とか、いろいろな物を買いました。
  買了麵包啦牛奶啦等等很多東西。

・昼食(ちゅうしょく)は、ラーメンとかうどんとかを、よく食(た)べます。
午餐經常吃拉麵或烏龍麵之類的麵食。

・寝(ね)る前(まえ)は、コーヒーとかお茶(ちゃ)とかを、あまり飲(の)まないほうがいいです。
建議睡覺前最好不要喝咖啡或是茶之類的飲料。

比　較 ▸▸▸▸ ～たり～たりする〔…或者…或者〕

「～とか～とか」與「～たり～たりする」都表示並立。但「たり」的前面只能接動詞。

只用とか

有時「～とか」僅出現一次，如例：

・日曜日(にちようび)は家事(かじ)をします。掃除(そうじ)とか。
星期天通常做家事，譬如打掃之類的。

意　思 ❷

不明確

列舉出相反的詞語時，表示說話人不滿對方態度變來變去，或弄不清楚狀況。中文意思是：「又…又…」，如例：

・息子夫婦(むすこふうふ)は、子供(こども)を産(う)むとか産(う)まないとか言(い)って、もう７年(ねん)ぐらいになる。
我兒子跟媳婦一會兒又說要生小孩啦，一會兒又說不生小孩啦，這樣都過七年了。

grammar 練習

文法知多少？

☞ 請完成以下題目，從選項中，選出正確答案，並完成句子。

▼ 答案詳見右下角

1 のどが痛(いた)い（　　）、鼻水(はなみず)も出(で)る。

1　し　　　　2　から

2 地震(じしん)（　　）、電車(でんしゃ)が止(と)まった。

1　のために　　　　2　なので

3 風邪(かぜ)をひかない（　　）、暖(あたた)かくしたほうがいいよ。

1　ために　　　　2　ように

4 宿題(しゅくだい)をする（　　）５時間(じかん)もかかった。

1　のに　　　　2　ために

5 宿題(しゅくだい)、お兄(にい)ちゃんに（　　）教(おし)えてもらおう。

1　でも　　　　2　とか

答案：(1) 1　(2) 1　(3) 2　(4) 1
(5) 1

もんだい１　（　　）に　何を　入れますか。１・２・３・４から　いちばん　いい　ものを　一つ　えらんで　ください。

1　佐藤(さとう)さんは　優(やさ)しい　（　　　）、みんなから　好(す)かれて　います。

1　ので　　2　まで　　3　けど　　4　ように

2　大学(だいがく)へ　行(い)く　（　　　）、一生懸命(いっしょうけんめい)　勉強(べんきょう)して　います。

1　ところ　　2　けれど　　3　ために　　4　からも

3　おすしも　食(た)べた　（　　　）、ケーキも　食(た)べた。

1　し　　2　でも　　3　も　　4　や

4　兄(あに)は　どんな　スポーツ　（　　　）　できます。

1　にも　　2　でも　　3　だけ　　4　ぐらい

5　赤(あか)とか　青(あお)　（　　　）、いろいろな　色(いろ)の　服(ふく)が　あります。

1　とか　　2　でも　　3　から　　4　にも

6　A「ずいぶん　ピアノが　上手(じょうず)ですね。」
B「毎日(まいにち)　練習(れんしゅう)したから　上手(じょうず)に　（　　　）　んです。」

1　弾(ひ)けるように　なった　　2　弾(ひ)けるように　した
3　弾(ひ)ける　かもしれない　　4　弾(ひ)いて　もらう

もんだい２　＿＿★＿＿に　入る　ものは　どれですか。１・２・３・４から　いちばん　いい　ものを　一つ　えらんで　ください。

7　A「コンサートで　ピアノを　ひきます。聞(き)きに　きて　いただけますか。」
B「すみません。＿＿＿　＿＿＿　＿★＿　＿＿＿　行(い)けません。」

1　が　　2　用(よう)　　3　ので　　4　ある

8　「はい、上田(うえだ)です。父(ちち)は　いま　るすに　して　おります。もどりまし　たら　こちらから　＿＿＿　＿＿＿　＿★＿　＿＿＿　ます。」

1　ように　　2　つたえて　　3　おき　　4　お電話(でんわ)する

▼ 翻譯與詳解請見 P.214

Lesson 10

條件、順接及逆接

条件、順接と逆接

STEP 1_ 文法速記心智圖

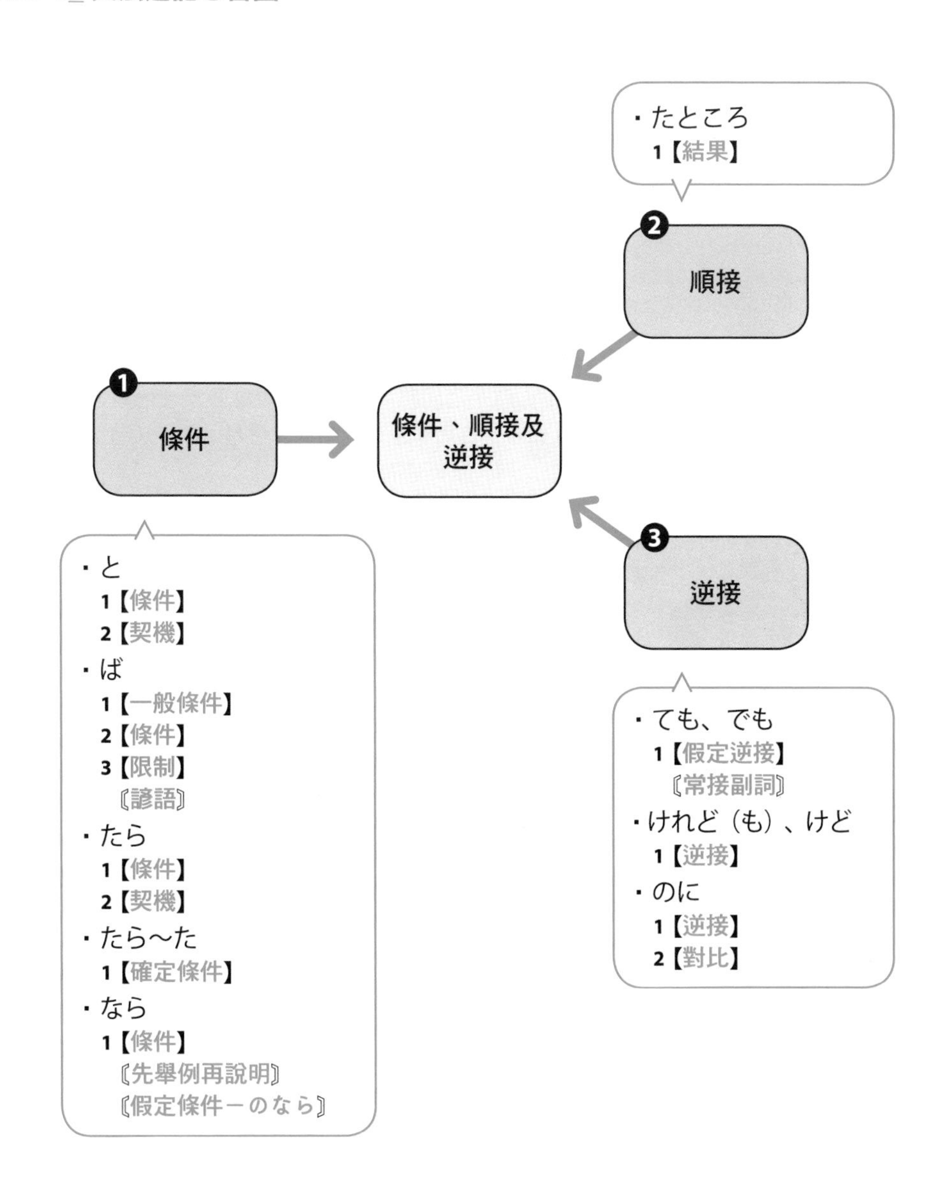

Lesson 10 条件、順接と逆接

▶ 條件、順接及逆接

date. 1 ／ date. 2 ／

と

1. 一…就；2. 一…竟…

意　思 ❶

條件

{[名詞・形容詞・形容動詞・動詞]普通形（只能用在現在形及否定形）}＋と。表示陳述人和事物的一般條件關係，常用在機械的使用方法、説明路線、自然的現象及反覆的習慣等情況，此時不能使用表示説話人的意志、請求、命令、許可等語句。中文意思是：「一…就」。如例：

・まっすぐ行（い）くと、駅（えき）につきます。
只要往前直走，就可以到車站。

・春（はる）になると、桜（さくら）が咲（さ）きます。
春天一到，櫻花就會綻放。

比　較 ▸▸▸ たら〔要是…〕

「と」通常用在一般事態的條件關係，後面不接表示意志、希望、命令及勸誘等詞；「たら」多用在單一狀況的條件關係，跟「と」相比，後項限制較少。

意　思 ❷

契機

表示指引道路。也就是以前項的事情為契機，發生了後項的事情。中文意思是：「一…竟…」，如例：

- 箱(はこ)を開(あ)けると、人形(にんぎょう)が入(はい)っていた。
  打開盒子一看，裡面裝的是玩具娃娃。

- 駅(えき)を出(で)ると、大勢(おおぜい)の警察官(けいさつかん)がいました。
  一走出車站，赫然看見了大批警力。

grammar 002

ば

1. 如果…的話；2. 假如…、如果…就…；3. 假如…的話

Track N4-090

類義表現

なら

如果…的話

接續方法 ▸▸▸▸ {[形容詞・動詞]假定形；[名詞・形容動詞]假定形}＋ば

意　思 ❶

一般條件

敘述一般客觀事物的條件關係。如果前項成立，後項就一定會成立。中文意思是：「如果…的話」。如例：

- 大雪(おおゆき)が降(ふ)れば、学校(がっこう)が休(やす)みになる。
  若是下大雪，學校就會停課。

比　較 ▸▸▸▸ なら〔如果…的話〕

「ば」前接用言假定形，表示前項成立，後項就會成立；「なら」前接動詞・形容詞終止形、形容動詞詞幹或名詞，指說話人接收了對方說的話後，假設前項要發生，提出意見等。另外，「なら」前接名詞時，也可表示針對某人事物進行說明。

意　　思 ❷

條件

後接未實現的事物，表示條件。對特定的人或物，表示對未實現的事物，只要前項成立，後項也當然會成立。前項是焦點，敘述需要的是什麼，後項大多是被期待的事。中文意思是：「假如…、如果…就…」。如例：

- 急（いそ）げば次（つぎ）の電車（でんしゃ）に間（ま）に合（あ）います。
  假如急著搭電車，還來得及搭下一班。

意　　思 ❸

限制

後接意志或期望等詞，表示後項受到某種條件的限制。中文意思是：「假如…的話」。如例：

- 時間（じかん）があれば、明日（あした）映画（えいが）に行（い）きましょう。
  有時間的話，我們明天去看電影吧。

諺語

也用在諺語的表現上，表示一般成立的關係。「よし」為「よい」的古語用法。如例：

- 終（お）わりよければ全（すべ）てよし、という言葉（ことば）があります。
  有句話叫做：一旦得到好成果，過程如何不重要。

～たら

1. 要是…、如果要是…了、…了的話；2.…之後、…的時候

Track N4-091

類義表現

たら～た

原來…

接續方法 ▸▸▸▸ {[名詞・形容詞・形容動詞・動詞]た形}＋ら

意　思 ❶

條件

表示假定條件，當實現前面的情況時，後面的情況就會實現，但前項會不會成立，實際上還不知道。中文意思是：「要是…、如果要是…了、…了的話」。如例：

- 大学（だいがく）を卒業（そつぎょう）したら、すぐ働（はたら）きます。
  等到大學畢業以後，我就要立刻就業。

- バスが来（こ）なかったら、タクシーで行（い）きます。
  假如巴士還不來，就搭計程車去。

比　較 ▸▸▸▸ たら～た〔原來…〕

「たら」表示假定條件；「たら～た」表示確定條件。

意　思 ❷

契機

表示確定的未來，知道前項的（將來）一定會成立，以其為契機做後項。中文意思是：「…之後、…的時候」。如例：

- 病気（びょうき）がなおったら、学校（がっこう）へ行（い）ってもいいよ。
  等到病好了以後，可以去上學無妨喔。
- 20歳（さい）になったら、お酒（さけ）が飲（の）める。
  等到年滿二十歲後，就可以喝酒了。

たら～た

原來…、發現…、才知道…

接續方法 ▸▸▸▸ {[名詞・形容詞・形容動詞・動詞]た形}＋ら～た

意　思 ❶

確定條件

表示說話者完成前項動作後，有了新發現，或是發生了後項的事情。中文意思是：「原來…、發現…、才知道…」。如例：

- お店へ行ったら、休みだった。
  去到店家一看，才知道沒有營業。
- 家に帰ったら、友達が待っていた。
  那時一回到家裡，發現朋友正在等我。
- 雪の中バスを待っていたら、風邪をひいてしまった。
  冒著雪等巴士，結果感冒了。

- 食べすぎたら太った。
  暴飲暴食的結果是變胖了。

比　較 ▸▸▸▸ と（繼起）〔一…就〕

「たら～た」表示前項成立後，發生了某事，或說話人新發現了某件事，這時前、後項的主詞不會是同一個；「と」表示前項一成立，就緊接著做某事，或發現了某件事，前、後項的主詞有可能一樣。此外，「と」也可以用在表示一般條件，這時後項就不一定接た形。

なら

1. 如果…就…；2.…的話；3. 要是…的話

接續方法 ▸▸▸▸ {名詞；形容動詞詞幹；[動詞・形容詞] 辭書形} ＋なら

意　思 ❶

條件

表示接受了對方所説的事情、狀態、情況後，説話人提出了意見、勸告、意志、請求等。中文意思是：「如果…就…」。如例：

- その本、読まないなら私にください。
  那本書如果不看了就給我。
- 「この時計は 3,000 円ですよ。」「えっ、そんなに安いなら、買います。」
  「這支手錶只要三千圓喔。」「噢？既然那麼便宜，我要買一支！」

比　較 ▸▸▸▸ たら〔要是…〕

「なら」指説話人接收了對方説的話後，假設前項要發生，提出意見等；「たら」當實現前面的情況時，後面的情況就會實現，但前項會不會成立，實際上還不知道。

先舉例再説明

可用於舉出一個事物列為話題，再進行説明。中文意思是：「…的話」。如例：

- 中国料理なら、あの店が一番おいしい。
  如果要吃中國菜，那家餐廳最好吃。

假定條件－のなら

以對方發話內容為前提進行發言時，常會在「なら」的前面加「の」，「の」的口語説法為「ん」。中文意思是：「要是…的話」。如例：

- そんなに眠いんなら、早く寝なさい。
  既然那麼睏，趕快去睡覺！

たところ

結果…、果然…

Track N4-094

類義表現

たら～た（確定條件）

原來…

接續方法 ▸▸▸▸ {動詞た形}＋ところ

意　思 ❶

結果

順接用法。表示完成前項動作後，偶然得到後面的結果、消息，含有說話者覺得訝異的語感。或是後項出現了預期中的好結果。前項和後項之間沒有絕對的因果關係。中文意思是：「結果…、果然…」。如例：

・病院に行ったところ、病気が見つかった。
　去到醫院後，被診斷出罹病了。

・鈴木さんに電話をしたところ、会社を休んでいた。
　打電話給鈴木先生，得知他向公司請假了。

・テレビをつけたところ、試合は始まっていた。
　一打開電視，沒想到比賽已經開始了。

・少し歩いたところ、道がわからなくなってしまった。
　稍微走了一下，不料竟迷路了。

比　較 ▸▸▸▸ たら～た（確定條件）〔原來…〕

「たところ」後項是以前項為契機而成立，或是因為前項才發現的，後面不一定會接た形；「たら～た」表示前項成立後，發生了某事，或說話人新發現了某件事，後面一定會接た形。

grammar 007 ても、でも

即使…也

Track N4-095

類義表現

疑問詞＋ても／でも

不管（誰、什麼、哪兒）…

接續方法 ▸▸▸▸ {形容詞く形}＋ても；{動詞て形}＋も；{名詞；形容動詞詞幹}＋でも

意　思 1

假定逆接

表示後項的成立，不受前項的約束，是一種假定逆接表現，後項常用各種意志表現的說法。中文意思是：「即使…也」。如例：

- そんな事は小学生でも知っている。
  那種事情連小學生都知道！
- 漢字が難しくても、私は頑張って勉強します。
  即使漢字再困難，我也要努力學習。

比　較 ▸▸▸▸ 疑問詞＋ても／でも〔不管（誰、什麼、哪兒）…〕

「ても／でも」表示即使前項成立，也不會影響到後項；「疑問詞＋ても／でも」表示不管前項是什麼情況，都會進行或產生後項。

常接副詞

表示假定的事情時，常跟「たとえ（比如）、どんなに（無論如何）、もし（假如）、万が一（萬一）」等副詞一起使用，如例：

- たとえ熱があっても、明日の会議には出ます。
  就算發燒，我還是會出席明天的會議。

- 両親にどんなに反対されても日本に留学します。
  即使父母再怎麼反對，我依然堅持去日本留學！

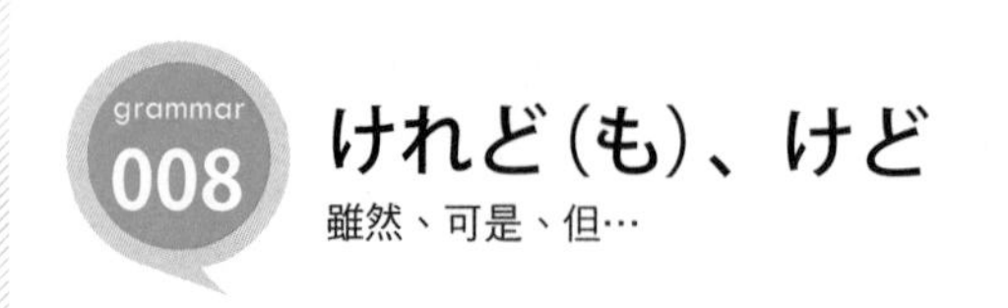

けれど(も)、けど

grammar 008

雖然、可是、但…

接續方法 ▸▸▸▸ {[形容詞・形容動詞・動詞]普通形・丁寧形}＋けれど(も)、けど

意　思 ❶

逆接

逆接用法。表示前項和後項的意思或內容是相反的、對比的。是「が」的口語説法。「けど」語氣上會比「けれど（も）」還來的隨便。中文意思是：「雖然、可是、但…」。如例：

・空(そら)は晴(は)れているけど、雨(あめ)が降(ふ)っている。
　儘管天上沒有一絲雲絮，雨仍然下個不停。

・たくさん寝(ね)たけれども、まだ眠(ねむ)い。
　儘管已經睡了很久，還是覺得睏。

・英語(えいご)を10年勉強(ねんべんきょう)したけれど、話(はな)せません。
　英文已經學十年了，還是說不出口。

・お店(みせ)に行(い)ったけど、今日(きょう)は休(やす)みだった。
　去了餐廳，結果今日公休。

比　較 ▸▸▸▸ が〔可是…〕

「けれど（も）、けど」與「が」都表示逆接。「けれど（も）、けど」是「が」的口語説法。

のに

1. 雖然…、可是…；2. 明明…、卻…、但是…

接續方法 ▸▸▸▸ {[名詞・形容動詞]な；[動詞・形容詞]普通形}＋のに

意　思 ❶

逆接

表示逆接，用於後項結果違反前項的期待，含有說話者驚訝、懷疑、不滿、惋惜等語氣。中文意思是：「雖然…、可是…」。如例：

・働（はたら）きたいのに、仕事（しごと）がない。
　很想做事，卻找不到工作。

・今日（きょう）は、晴（は）れているのに寒（さむ）い。
　今天雖然晴朗，但是很冷。

比　較 ▸▸▸▸ けれど（も）／けど〔雖然〕

「のに」跟「けれど（も）／けど」都表示前、後項是相反的，但要表達結果不符合期待，說話人的不滿、惋惜等心情時，大都用「のに」。

意　思 ❷

對比

表示前項和後項呈現對比的關係。中文意思是：「明明…、卻…、但是…」。如例：

・兄（あに）は静（しず）かなのに、弟（おとうと）はにぎやかだ。
　哥哥沉默寡言，然而弟弟喋喋不休。

・空（そら）は晴（は）れているのに、雨（あめ）が降（ふ）っている。
　天空萬里無雲，卻下起雨來。

文法小祕方 4 ▸ 假定形的表現

假定形用來表示條件，意思是「假如…的話，就會…」。假定形的變化如下：

動詞	辭書形	假定形
五段動詞	行(い)く	行(い)けば
	飲(の)む	飲(の)めば
一段動詞	食(た)べる	食(た)べれば
	受(う)ける	受(う)ければ
カ・サ變動詞	来(く)る	来(く)れば
	する	すれば

形容詞	辭書形	假定形
	白(しろ)い	白(しろ)ければ

形容動詞	辭書形	假定形
	綺麗(きれい)だ	綺麗(きれい)なら

名詞	辭書形	假定形
	学生(がくせい)だ	学生(がくせい)なら

假定形的否定形

▸動詞：～ない　⇒　～なければ

行(い)かない → 行(い)かなければ　　しない → しなければ

食(た)べない → 食(た)べなければ　　来(こ)ない → 来(こ)なければ

▸形容詞：～くない　⇒　～くなければ

白(しろ)くない → 白(しろ)くなければ

▸形容動詞及名詞：～ではない　⇒　～でなければ

綺麗(きれい)ではない → 綺麗(きれい)でなければ　　学生(がくせい)ではない → 学生(がくせい)でなければ

文法知多少？

☞ 請完成以下題目，從選項中，選出正確答案，並完成句子。

▼ 答案詳見右下角

1 夏休みが（　　）、海に行きたい。

1　来ると　　　2　来たら

2 20歳に（　　）、お酒が飲める。

1　なれば　　　2　なるなら

3 疲れていたので、布団に（　　）すぐ寝てしまった。

1　入ったら　　　2　入ると

4 天気予報を（　　）、今日は降らないようだ。

1　見たところ　　　2　見たら

5 （　　）、彼が好きなんです。

1　夫がいても　　　2　誰がいても

6 高い店（　　）、どうしてこんなにまずいんだろう。

1　なのに　　　2　だけど

答案：（1）2　（2）1　（3）2　（4）1
（5）1　（6）1

もんだい１　（　　）に　何を　入れますか。１・２・３・４から　いちばん　いい　ものを　一つ　えらんで　ください。

1　だれでも　練習　すれ　（　　）　できるように　なります。

１　や　　２　が　　３　たら　　４　ば

2　かわいい　服が　あった（　　）、高くて　買えませんでした。

１　のに　　２　から　　３　だけ　　４　ので

3　朝　起き　（　　）、もう　11時でした。

１　れば　　２　なら　　３　でも　　４　たら

4　ベルが　（　　）　書くのを　やめてください。

１　鳴ったら　　２　鳴ったと　　３　鳴るたら　　４　鳴ると

5　A「交番は　どこに　ありますか。」

B「そこの　角を　右に　曲がる　（　　）、左側に　あります。」

１　と　　２　が　　３　も　　４　な

もんだい２　＿＿★＿＿に　入る　ものは　どれですか。１・２・３・４から　いちばん　いい　ものを　一つ　えらんで　ください。

6　A「もし　動物に　＿＿＿　＿＿＿　＿★＿　＿＿＿　ですか。」

B「わたしは　ねこが　いいです。」

１　なりたい　　２　なる　　３　何に　　４　なら

7　(駅で)

A「新宿に　行きたいのですが、どこから　電車に　乗れば　よいですか。」

B「　＿＿＿　＿＿＿　＿★＿　＿＿＿　ください。」

１　３番線　　２　お乗り　　３　むこうの　　４　から

8　中村「本田さん、あすの　音楽会は　どこに　集まりますか。」

本田「６時に　＿＿＿　＿＿＿　＿★＿　＿＿＿　どうでしょう。」

１　うけつけの　　２　集まったら　　３　会場の　　４　ところに

▼ 翻譯與詳解請見 P.217

Lesson 11

授受表現

授受表現

STEP 1_ 文法速記心智圖

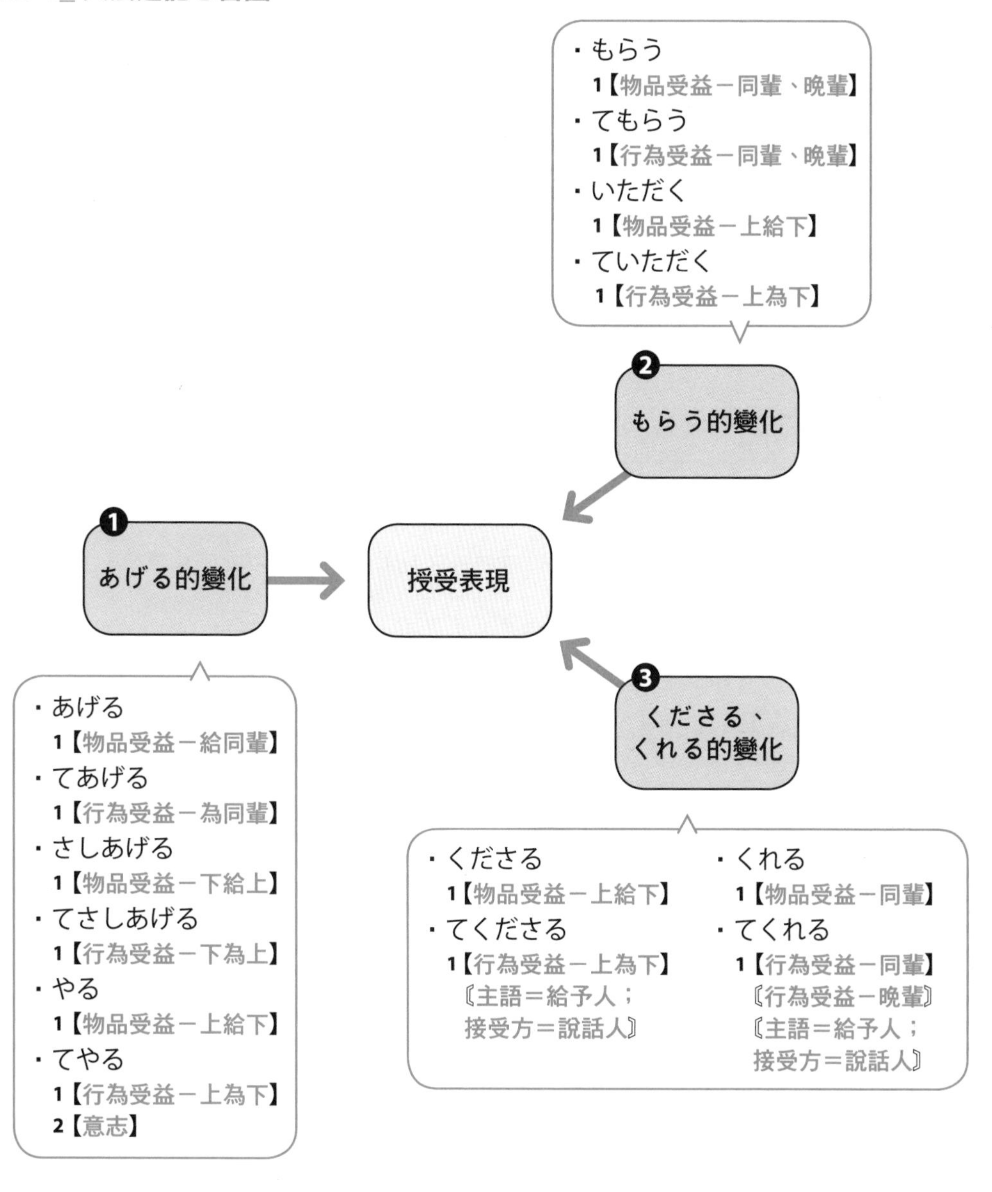

Lesson 11 授受表現

▶ 授受表現

date. 1 ／ date. 2 ／

あげる

給予…、給…

接續方法 ▸▸▸▸ {名詞}＋{助詞}＋あげる

意　思 ❶

物品受益－給同輩

授受物品的表達方式。表示給予人（說話人或說話一方的親友等），給予接受人有利益的事物。句型是「給予人は（が）接受人に～をあげます」。給予人是主語，這時候接受人跟給予人大多是地位、年齡同等的同輩。中文意思是：「給予…、給…」。如例：

- サンタクロースは子供(こども)たちにクリスマスプレゼントをあげた。
  耶誕老人送了耶誕禮物給孩子們。
- 旅行(りょこう)に行(い)ったので、みんなにお土産(みやげ)をあげました。
  因為去旅行回來，所以送了大家伴手禮。
- 私(わたし)は母(はは)の日(ひ)に花(はな)をあげるつもりです。
  我計畫在母親節送花。
- 「チョコレートあげる。」「え、本当(ほんとう)に、嬉(うれ)しい。」
  「巧克力送你！」「啊，真的嗎？太開心了！」

比　較 ▸▸▸▸ やる〔給予…〕

「あげる」跟「やる」都是「給予」的意思，「あげる」基本上用在給同輩東西；「やる」用在給晚輩、小孩或動植物東西。

grammar 002 てあげる

（為他人）做…

Track N4-099

類義表現
てやる
（為他人）做…

接續方法 ▸▸▸▸ {動詞て形}＋あげる

意　思 ❶

行為受益－為同輩

表示自己或站在一方的人，為他人做前項利益的行為。基本句型是「給予人は（が）接受人に～を動詞てあげる」。這時候接受人跟給予人大多是地位、年齡同等的同輩。是「てやる」的客氣說法。中文意思是：「（為他人）做…」。如例：

・おじいさんに道を教えてあげました。
為老爺爺指路了。

・友達に国の料理を作ってあげた。
為朋友做了故鄉菜。

・友達の買い物に一緒に行ってあげた。
陪朋友一起去買了東西。

・その自転車、なおしてあげようか。
那輛自行車，要不要幫你修好？

比　較 ▸▸▸▸ てやる〔（為他人）做…〕

「てあげる」跟「てやる」都是「（為他人）做」的意思，「てあげる」基本上用在為同輩做某事；「てやる」用在為晚輩、小孩或動植物做某事。

grammar 003 さしあげる

給予…、給…

接續方法 ▸▸▸▸ {名詞}＋{助詞}＋さしあげる

意　思 1

物品受益－下給上

授受物品的表達方式。表示下面的人給上面的人物品。句型是「給予人は（が）接受人に～をさしあげる」。給予人是主語，這時候接受人的地位、年齡、身份比給予人高。是一種謙虛的說法。中文意思是：「給予…、給…」。如例：

- 先生に海外旅行のお土産を差し上げました。
  致贈了老師國外旅行買的伴手禮。
- 彼のご両親に何を差し上げたらいいですか。
  該送什麼禮物給男友的父母才好呢？
- 卒業式の後で、校長先生にお花を差し上げたいです。
  我想在畢業典禮結束後給校長獻花。
- 私は毎年先生にクリスマスカードを差し上げます。
  我每年都送耶誕卡片給老師。

比　較 ▸▸▸▸ いただく〔承蒙…〕

「さしあげる」用在給地位、年齡、身份較高的對象東西；「いただく」用在說話人從地位、年齡、身份較高的對象那裡得到東西。

grammar 004 てさしあげる

（為他人）做…

類義表現
ていただく
承蒙…

接續方法 ▸▸▸▸ {動詞て形}＋さしあげる

意　思 1

行為受益－下為上

表示自己或站在自己一方的人，為他人做前項有益的行為。基本句型是「給予人は（が）接受人に～を動詞てさしあげる」。給予人是主語。這時候接受人的地位、年齡、身份比給予人高。是「てあげる」更謙虛的説法。由於有將善意行為強加於人的感覺，所以直接對上面的人説話時，最好改用「お～します」，但不是直接當面説就沒關係。中文意思是：「（為他人）做…」。如例：

- お客様にお茶をいれて差し上げてください。
  請為貴賓奉上茶。
- 皆様に、丁寧に説明して差し上げてください。
  請為大家詳細說明。
- パーティーの後、社長を家まで送って差し上げました。
  酒會結束後，載送總經理回到了府宅。
- 先生を私の国のいろいろなお寺に、案内して差し上げたいです。
  我想為老師導覽故鄉的各處寺院。

比　較 ▸▸▸▸ ていただく〔承蒙…〕

「てさしあげる」用在為地位、年齡、身份較高的對象做某事；「ていただく」用在他人替説話人做某事，而這個人的地位、年齡、身份比説話人還高。

やる

給予…、給…

接續方法 ▸▸▸▸ {名詞}＋{助詞}＋やる

意　思 ❶

物品受益－上給下

授受物品的表達方式。表示給予同輩以下的人，或小孩、動植物有利益的事物。句型是「給予人は（が）接受人に～をやる」。這時候接受人大多為關係親密，且年齡、地位比給予人低。或接受人是動植物。中文意思是：「給予…、給…」。如例：

- 赤ちゃんにミルクをやる。
  餵小寶寶喝奶。
- 毎日犬にえさをやります。
  每天餵狗。
- 庭の花や木に水をやってください。
  請幫院子裡的花草樹木澆水。

・猿にお菓子をやってもいいですか。
請問可以餵猴子吃餅乾嗎？

比　較 ▸▸▸▸ さしあげる〔給…〕
「やる」用在接受者是動植物，也用在家庭內部的授受事件；「さしあげる」用在接受東西的人是尊長的情況下。

類義表現
てもらう
得到…

てやる

1. 給…（做…）；2. 一定…

接續方法 ▸▸▸▸ {動詞て形}＋やる

意　思 ❶

行為受益－上為下

表示以施恩或給予利益的心情，為下級或晚輩（或動、植物）做有益的事。中文意思是：「給…（做…）」。如例：

・子供が中学校に入学したので、辞書を買ってやりました。
由於孩子已經升上中學了，所以給他買了辭典。

・娘に英語を教えてやりました。
給女兒教了英語。

比　較 ▸▸▸▸ てもらう〔得到…〕
「てやる」給對方施恩，為對方做某種有益的事；「てもらう」表示人物 X 從人物 Y（親友等）那裡得到某物品。

意　思 ❷

意志

由於說話人的憤怒、憎恨或不服氣等心情，而做讓對方有些困擾的事，或說話人展現積極意志時使用。中文意思是：「一定…」，如例：

・今年は大学に合格してやる。
今年一定要考上大學！

・今晩中にレポートを全部書いてやる。
今天晚上一定要把整篇報告寫完！

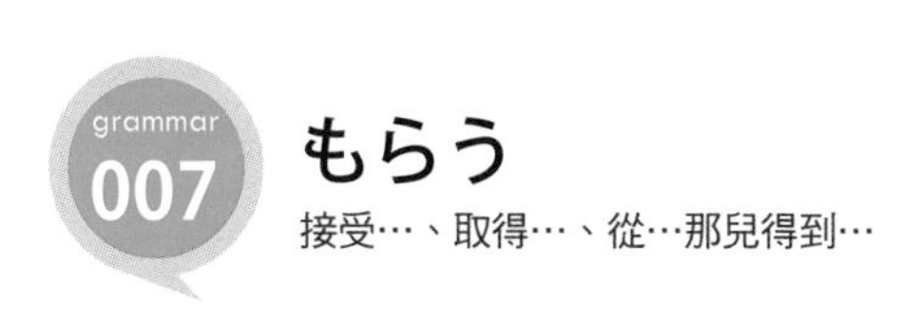

grammar 007 もらう

接受…、取得…、從…那兒得到…

Track N4-104

類義表現
くれる
給…

接續方法 ▸▸▸▸ {名詞}＋{助詞}＋もらう

意　思 1

物品受益－同輩、晚輩

表示接受別人給的東西。這是以說話人是接受人，且接受人是主語的形式，或說話人站是在接受人的角度來表現。句型是「接受人は（が）給予人に～をもらう」。這時候接受人跟給予人大多是地位、年齡相當的同輩。或給予人也可以是晚輩。中文意思是：「接受…、取得…、從…那兒得到…」。如例：

- 私(わたし)は母(はは)に黒(くろ)いかばんをもらいました。
  我向媽媽討來了黑色的皮包。
- 中田(なかた)さんは村山(むらやま)さんに服(ふく)をもらった。
  中田小姐收下了村山小姐的衣服。
- 妹(いもうと)は友達(ともだち)にお菓子(かし)をもらった。
  妹妹的朋友給了她糖果。

- 誕生日(たんじょうび)に何(なに)をもらいたいですか。
  你想要什麼生日禮物呢？

比　較 ▸▸▸▸ くれる〔給…〕

「もらう」用在從同輩、晚輩那裡得到東西；「くれる」用在同輩、晚輩給我（或我方）東西。

grammar 008 てもらう

（我）請（某人為我做）…

Track N4-105

類義表現

てくれる

（為我）做…等

接續方法 ▸▸▸▸ {動詞て形}＋もらう

意　思 ❶

行為受益－同輩、晚輩

表示請求別人做某行為，且對那一行為帶著感謝的心情。也就是接受人由於給予人的行為，而得到恩惠、利益。一般是接受人請求給予人採取某種行為的。這時候接受人跟給予人大多是地位、年齡同等的同輩。句型是「接受人は（が）給予人に（から）～を動詞てもらう」。或給予人也可以是晚輩。中文意思是：「（我）請（某人為我做）…」。如例：

- 弟は私の友達にジュースを買ってもらった。
  弟弟讓我的朋友給他買了果汁。
- 留学生に英語を教えてもらいます。
  請留學生教我英文。
- 太田さんに仕事を紹介してもらいました。
  央託太田女士幫我找到了工作。

- 今日学校で小林さんに鉛筆を貸してもらった。
  今天在學校向小林同學借用了鉛筆。

比　較 ▸▸▸▸ てくれる〔（為我）做…等〕

「てもらう」用「接受人は（が）給予人に（から）～を～てもらう」句型，表示他人替接受人做某事，而這個人通常是接受人的同輩、晚輩或親密的人；「てくれる」用「給予人は（が）接受人に～を～てくれる」句型，表示同輩、晚輩或親密的人為我（或我方）做某事。

grammar 009 いただく

承蒙…、拜領…

Track N4-106

類義表現

もらう

接受…

接續方法 ▸▸▸▸ {名詞}＋{助詞}＋いただく

意　思 ❶

物品受益－上給下

表示從地位、年齡高的人那裡得到東西。這是以説話人是接受人，且接受人是主語的形式，或説話人站在接受人的角度來表現。句型是「接受人は（が）給予人に～をいただく」。用在給予人身份、地位、年齡比接受人高的時候。比「もらう」説法更謙虚，是「もらう」的謙譲語。中文意思是：「承蒙…、拜領…」。如例：

- 私は先生にきれいな絵はがきをいただきました。
  我從老師那裡收到了漂亮的風景明信片。
- 社長にいただいた傘を、電車に忘れてしまった。
  總經理送的那把傘，被我忘在電車上了。
- 先生の奥様にすてきなセーターをいただきました。
  師母送了我一件上等的毛衣。
- 小森部長から旅行のかばんをいただきました。
  小森經理送了我旅行袋。

比　較 ▸▸▸▸ もらう〔接受…〕

「いただく」與「もらう」都表示接受、取得、從那兒得到。但「いただく」用在説話人從地位、年齡、身分較高的對象那裡得到的東西；「もらう」用在從同輩、晚輩那裡得到東西。

ていただく

承蒙…

接續方法 ▸▸▸▸ {動詞て形}＋いただく

意　思 ❶

行為受益－上為下

表示接受人請求給予人做某行為，且對那一行為帶著感謝的心情。這是以説話人站在接受人的角度來表現。用在給予人身份、地位、年齡都比接受人高的時候。句型是「接受人は（が）給予人に（から）～を動詞ていただく」。這是「てもらう」的自謙形式。中文意思是：「承蒙…」。如例：

- 私は田中さんに京都へつれて行っていただきました。
  田中先生帶我一起去了京都。

・王さんのお母様に、日本語を教えていただきました。
我當初是向王先生的母親學習了日語。

・来週先輩に大学を案内していただきます。
下星期大學學長要帶我們認識校園。

・皆さんに喜んでいただきたいと思って、歌の練習をしました。
我練了幾支曲子，希望能為各位帶來歡笑。

比　　較 ▸▸▸▸ てさしあげる〔（為他人）做…〕
「ていただく」用在他人替説話人做某事，而這個人的地位、年齡、身分比説話人還高；「てさしあげる」用在為地位、年齡、身分較高的對象做某事。

くださる

給…、贈…

接續方法 ▸▸▸▸ {名詞}＋{助詞}＋くださる

意　　思 ❶

物品受益－上給下

對上級或長輩給自己（或自己一方）東西的恭敬説法。這時候給予人的身份、地位、年齡要比接受人高。句型是「給予人は（が）接受人に～をくださる」。給予人是主語，而接受人是説話人，或説話人一方的人（家人）。中文意思是：「給…、贈…」。如例：

・店長が卒業祝いに本をくださった。
店長送書給我作為畢業賀禮。

・先生がご自分の書かれた本をくださいました。
老師將親自撰寫的大作送給了我。

・退院のとき、隣のベッドの方がプレゼントをくださった。
出院時，隔壁床的患者送了禮物給我。

・隣の酒井さんはいつも娘にお菓子をくださいます。
隔壁鄰居的酒井太太時常送我女兒餅乾糖果。

比　　較 ▸▸▸▸ さしあげる〔給予…〕
「くださる」用「給予人は（が）接受人に～をくださる」句型，表示身份、地位、年齡較高的人給予我（或我方）東西；「さしあげる」用「給予人は（が）接受人に～をさしあげる」句型，表示給予身份、地位、年齡較高的對象東西。

grammar 012 てくださる
（為我）做…

Track N4-109
類義表現
てくれる
（為我）做…等

接續方法 ▸▸▸▸ {動詞て形}＋くださる

意　思 1

行為受益－上為下

是「～てくれる」的尊敬說法。 表示他人為我，或為我方的人做前項有益的事，用在帶著感謝的心情，接受別人的行為時，此時給予人的身份、地位、年齡要比接受人高。中文意思是：「（為我）做…」。如例：

・先生が手紙の書き方を教えてくださいました。
　老師教導了我們寫信的方式。

・先生、私の作文を見てくださいませんか。
　老師，可以請您批改我的作文嗎？

比　較 ▸▸▸▸ てくれる〔（為我）做…等〕

「てくださる」表示身份、地位、年齡較高的對象為我（或我方）做某事；「てくれる」表示同輩、晚輩為我（或我方）做某事。

主語＝給予人；接受方＝說話人

常用「給予人は（が）接受人に（を・の…）～を動詞てくださる」之句型，此時給予人是主語，而接受人是說話人，或說話人一方的人，如例：

・結婚式で、社長が私たちに歌を歌ってくださいました。
　在結婚典禮上，總經理為我們唱了一首歌。

・田中さんが私に昔の日本のことを話してくださった。
　田中先生對我講述了日本很久以前的事。

くれる
給…

接續方法 ▸▸▸▸ {名詞}＋{助詞}＋くれる

意　思 ❶

物品受益－同輩

表示他人給説話人（或説話一方）物品。這時候接受人跟給予人大多是地位、年齡相當的同輩。句型是「給予人は（が）接受人に～をくれる」。給予人是主語，而接受人是説話人，或説話人一方的人（家人）。給予人也可以是晚輩。中文意思是：「給…」。如例：

- 姉が私に卒業祝いをくれた。
  姊姊送了我畢業禮物。
- 父が私の誕生日に時計をくれました。
  爸爸在我生日時送了手錶。
- マリーさんがくれた国のお土産は、コーヒーでした。
  瑪麗小姐送我的故鄉伴手禮是咖啡。
- 中村さんが私の妹に本をくれました。
  中村先生把書給了我妹妹。

比　較 ▸▸▸▸ やる〔給予…〕

「くれる」用在同輩、晚輩給我（或我方）東西；「やる」用在給晚輩、小孩或動植物東西。

てくれる
（為我）做…

接續方法 ▸▸▸▸ {動詞て形}＋くれる

意　思 ❶

行為受益－同輩

表示他人為我，或為我方的人做前項有益的事，用在帶著感謝的心情，接受別人的行為，此時接受人跟給予人大多是地位、年齡同等的同輩。中文意思是：「（為我）做…」。如例：

・小林さんが日本料理を作ってくれました。
小林先生為我們做了日本料理。

・山本さんがお金を払ってくれた。
山本小姐幫我付了錢。

比　較 ▸▸▸▸ てくださる〔(為我）做…〕

「てくれる」與「てくださる」都表示他人為我做某事。「てくれる」用在同輩、晚輩為我（或我方）做某事；「てくださる」用在身分、地位、年齡較高的人為我（或我方）做某事。

行為受益－晚輩

給予人也可能是晚輩，如例：

・子供たちも、私の作った料理は「おいしい」と言ってくれました。
孩子們稱讚了我做的菜「很好吃」。

主語＝給予人；接受方＝說話人

常用「給予人は（が）接受人に～を動詞てくれる」之句型，此時給予人是主語，而接受人是說話人，或說話人一方的人，如例：

・林さんは私に自転車を貸してくれました。
林小姐把腳踏車借給了我。

文法小祕方 5 ▸ 授受的表現

日語中，授受動詞是表達物品的授受，以及恩惠的授受。因為主語(給予人、接受人)的不同，所用的動詞也會不同。遇到此類題型時，一定要先弄清楚動作的方向詞，才不會混淆了喔！

授受的表現一覽

給予的人是主語	やる	給予的人＞接受的人 接受的人的地位、年紀、身分比給予的人低（特別是給予一方的親戚）、或者接受者是動植物
	さしあげる	給予的人＜接受的人 接受的人的地位、年紀、身分比給予的人高
	あげる	給予的人≧接受的人 給予的人和接受的人，地位、年紀、身分相當，或比接受的人高
	くれる	給予的人＝接受的人 接受的人是説話者（或屬説話者一方的），且給予的人和接受的人的地位、年紀、身分相當
	くださる	給予的人＞接受的人 接受的人是説話者（或屬説話者一方的），且給予的人比接受的人的地位、年紀、身分高
接受的人是主語	もらう	給予的人＝接受的人 給予的人和接受的人的地位、年紀、身分相當
	いただく	給予的人＞接受的人 給予的人的地位、年紀、身分比接受的人高

補充：親子或祖孫之間的授受表現，因關係較親密所以大多以同等地位來表現。

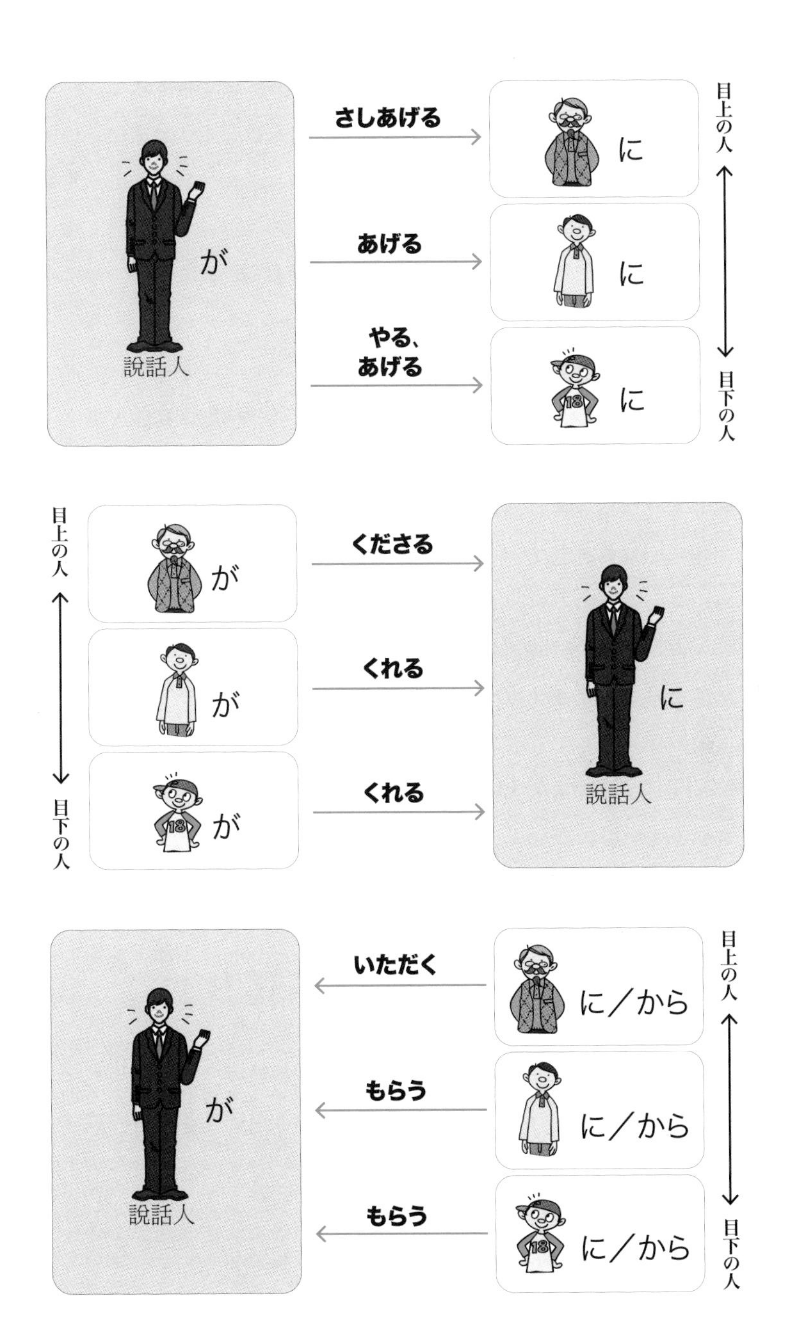

さしあげる
に
あげる
に
やる、
あげる
に
が
說話人
目上の人
目下の人
目上の人
目下の人
が
くださる
が
くれる
が
くれる
に
說話人
いただく
に／から
もらう
に／から
もらう
に／から
が
說話人
目上の人
目下の人

文法知多少？

☞ 請完成以下題目，從選項中，選出正確答案，並完成句子。

▼ 答案詳見右下角

1 私はカレに手編みのマフラーを（　　）。

1　あげました　　2　やりました

2 私はカレに肉じゃがを作っ（ ）。

1　てあげました　　2　てやりました

3 私は先生から、役に立ちそうな本を（　　）。

1　差し上げました　　2　いただきました

4 先生に分からない問題を教え（ ）。

1　て差し上げました　　2　ていただきました

5 浦島太郎は乙姫様から玉手箱を（　　）。

1　もらいました　　2　くれました

6 倉田さんが見舞いに（　　）。

1　来てもらった　　2　来てくれた

7 あなたにこれを（　　）。

1　くださいましょう　　2　差し上げましょう

8 この手袋は姉が買って（　　）。

1　くださいました　　2　くれました

答案：(1) 1　(2) 1　(3) 2　(4) 2
(5) 1　(6) 2　(7) 2　(8) 2

もんだい１　（　　）に　何を　入れますか。１・２・３・４から　いちばん　いい　ものを　一つ　えらんで　ください。

1 先生(せんせい)に　分(わ)からない　問題(もんだい)を　教(おし)えて　（　　）。

1　くださいました　　2　いただきました

3　いたしました　　4　さしあげました

2 佐藤君(さとうくん)（　　）　かさを　貸(か)して　くれました。

1　で　　2　と　　3　や　　4　が

3 先生(せんせい)が　作文(さくぶん)の　書(か)き方(かた)を　教(おし)えて　（　　）。

1　いただきました　　2　さしあげました

3　くださいました　　4　なさいました

4 私(わたし)は　李(リ)さんに　いらなく　なった　本(ほん)を　（　　）。

1　くれました　　2　くださいました

3　あげました　　4　いたしました

5 宿題(しゅくだい)が　終(お)わったので、弟(おとうと)と　遊(あそ)んで（　　）。

1　やりました　　2　くれました

3　させました　　4　もらいなさい

6 彼女(かのじょ)から　プレゼントを　（　　）。

1　くれました　　2　くだされます

3　やりました　　4　もらいました

7 おじに　京都(きょうと)の　おみやげを　（　　）。

1　あげさせました　　2　くださいました

3　さしあげました　　4　ございました

もんだい2　＿＿★＿＿に　入る　ものは　どれですか。1・2・3・4から　いちばん　いい　ものを　一つ　えらんで　ください。

8　小川（おがわ）「らいしゅうの　月曜日（げつようび）に　ひっこす　予定（よてい）です。」
竹田（たけだ）「月曜日（げつようび）は　じゅぎょうが　ないので、＿＿　＿＿　＿★＿　＿＿　。」

1　が　　2　てつだって　　3　わたし　　4　あげましょう

9　A「コンサートで　ピアノを　ひきます。＿＿　＿＿　＿★＿　＿＿　。」
B「すみません。用があるので行けません。」

1　きて　　2　聞き　　3　いただけますか　　4　に

▼ 翻譯與詳解請見 P.219

Lesson 12

被動、使役、使役被動及敬語

受身、使役、使役受身と敬語

STEP 1_ 文法速記心智圖

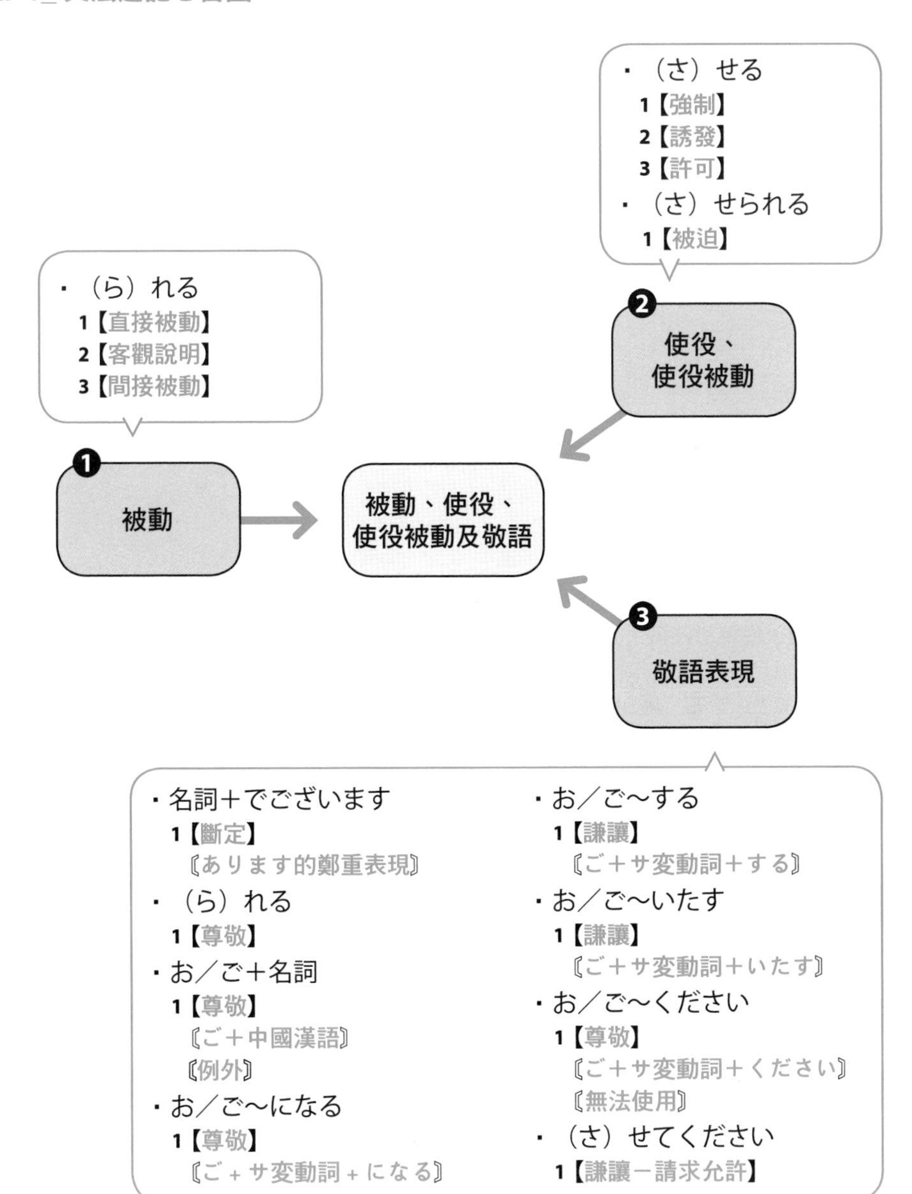

Lesson 12 受身、使役、使役受身と敬語

▶ 被動、使役、使役被動及敬語

date. 1 ／ date. 2 ／

(ら)れる

1. 被…；2. 在…；3. 被…

接續方法 ▸▸▸▸ {[一段動詞・カ變動詞]被動形}+られる；{五段動詞被動形；サ變動詞被動形さ}+れる

意　思 ❶

直接被動

表示某人直接承受到別人的動作。中文意思是：「被…」。如例：

- 弟(おとうと)が兄(あに)にしかられた。
  弟弟挨了哥哥的罵。
- 警察(けいさつ)に住所(じゅうしょ)と名前(なまえ)を聞(き)かれた。
  被警察詢問了住址和姓名。

比　較 ▸▸▸▸ (さ) せる〔讓…〕

「（ら）れる」（被…）表示「被動」，指某人承受他人施加的動作；「（さ）せる」（讓…）是「使役」用法，指某人強迫他人做某事。

意　思 ❷

客觀說明

表示社會活動等普遍為大家知道的事，是種客觀的事實描述。中文意思是：「在…」。如例：

- 卒業式(そつぎょうしき)は３月(がつ)に行(おこな)われます。
  畢業典禮將於三月舉行。

意　　思 ❸

間接被動

由於某人的行為或天氣等自然現象的作用，而間接受到麻煩（受害或被打擾）。中文意思是：「被…」。如例：

・電車で誰かに足をふまれました。
在電車上被某個人踩了腳。

（さ）せる

1. 讓…、叫…、令…；2. 把…給；3. 讓…、隨…、請允許…

接續方法 ▸▸▸▸ {[一段動詞・カ變動詞]使役形；サ變動詞詞幹}＋させる；{五段動詞使役形}＋せる

意　　思 ❶

強制

表示某人強迫他人做某事，由於具有強迫性，只適用於長輩對晚輩或同輩之間。中文意思是：「讓…、叫…、令…」。如例：

・母は子供に野菜を食べさせました。
媽媽強迫小孩吃了蔬菜。

・先生は、寝ている学生を帰らせた。
老師命令在課堂上睡覺的學生回家了。

比　　較 ▸▸▸▸ （さ）せられる〔被迫…〕

「（さ）せる」（讓…）是「使役」用法，指某人強迫他人做某事；「（さ）せられる」（被迫…）是「使役被動」用法，表示被某人強迫做某事。

意　思 ❷

誘發

表示某人用言行促使他人自然地做某種行為，常搭配「泣く（哭）、笑う（笑）、怒る（生氣）」等當事人難以控制的情緒動詞。中文意思是：「把…給」。如例：

- 父（ちち）はいつも家族（かぞく）みんなを笑（わら）わせる。
  爸爸總是逗得全家人哈哈大笑。

意　思 ❸

許可

以「～させておく」形式，表示允許或放任。中文意思是：「讓…、隨…、請允許…」。如例：

- バスに乗（の）る前（まえ）にトイレはすませておいてください。
  搭乘巴士之前請先去洗手間。

也表示婉轉地請求承認，如例：

- お嬢（じょう）さんと結婚（けっこん）させてください。
  請讓我跟令嫒結婚吧。

(さ) せられる

被迫…、不得已…

類義表現
させてもらう
請允許我

接續方法 ▸▸▸▸ {動詞使役形}＋(さ)せられる

意　思 ❶

被迫

表示被迫。被某人或某事物強迫做某動作，且不得不做。含有不情願、感到受害的心情。這是從使役句的「XがYにNをV- させる」變成為「YがXにNをV- させられる」來的，表示Y被X強迫做某動作。中文意思是：「被迫…、不得已…」。如例：

- 母（はは）に、部屋（へや）の掃除（そうじ）をさせられた。
  媽媽要我打掃房間了。

- 社長(しゃちょう)に、ビールを飲(の)ませられた。
  被總經理強迫喝了啤酒。
- 新入社員(しんにゅうしゃいん)は年末(ねんまつ)に会社(かいしゃ)の大掃除(おおそうじ)をさせられた。
  新進員工被公司要求做了年終大掃除。
- 雨(あめ)なのに、母(はは)に買(か)い物(もの)へ行(い)かせられた。
  那時外頭正下著雨，我還是被媽媽派去跑腿買東西了。

比　較 ▸▸▸▸ させてもらう〔請允許我〕

「（さ）せられる」表示人物Ｙ被人物Ｘ強迫做不願意做的事；「させてもらう」表示由於對方允許自己的請求，讓自己得到恩惠或從中受益的意思。

名詞＋でございます

是…

接續方法 ▸▸▸▸ {名詞}＋でございます

意　思 ❶

斷定

「です」是「だ」的鄭重語，而「でございます」是比「です」更鄭重的表達方式。日語除了尊敬語跟謙讓語之外，還有一種叫鄭重語。鄭重語用於和長輩或不熟的對象交談時，也可用在車站、百貨公司等公共場合。相較於尊敬語用於對動作的行為者表示尊敬，鄭重語則是對聽話人表示尊敬。中文意思是：「是…」。如例：

- はい、山田(やまだ)でございます。
  您好，敝姓山田。
- それに関(かん)しては、現在確認中(げんざいかくにんちゅう)でございます。
  關於那件事，目前正在確認中。
- お忘(わす)れ物(もの)はございませんか。
  請檢查有無遺忘的隨身物品。

比　較 ▸▸▸▸ です〔表對主題的斷定、說明〕

「でございます」是比「です」還鄭重的語詞，主要用在接待貴賓、公共廣播等狀況。如果只是跟長輩、公司同事有禮貌地對談，一般用「です」就行了。

あります的
鄭重表現

除了是「です」的鄭重表達方式之外，也是「あります」的鄭重表達方式，如例：

・ 子供服(こどもふく)売(う)り場(ば)は、4階(かい)にございます。
兒童服飾專櫃位於四樓。

(ら)れる

接續方法 ▸▸▸▸ {[一段動詞・カ變動詞]被動形}＋られる；{五段動詞被動形；サ變動詞被動形さ}＋れる

意　思 ❶

尊敬

表示對對方或話題人物的尊敬，就是在表敬意之對象的動作上用尊敬助動詞。尊敬程度低於「お～になる」。如例：

・ 今年(ことし)はもう花見(はなみ)に行(い)かれましたか。
您今年已經去賞過櫻花了嗎？

・ 先生(せんせい)は何時(いつ)ごろ戻(もど)られますか。
請問議員大約什麼時候回來呢？

・ 明日(あす)の会議(かいぎ)で何(なに)について話(はな)される予定(よてい)ですか。
請問明天的會議預定討論什麼議題呢？

・ ご主人(しゅじん)は、どんなスポーツをされますか。
請問您先生平常做些什麼運動呢？

比　較 ▸▸▸▸ お～になる〔表尊敬〕

「(ら)れる」跟「お～になる」都是尊敬語，用在抬高對方行為，以表示對他人的尊敬，但「お～になる」的尊敬程度比「(ら)れる」高。

お／ご＋名詞

您…、貴…

接續方法 ▸▸▸▸ お＋{名詞}；ご＋{名詞}

意　思 ❶

尊敬

後接名詞（跟對方有關的行為、狀態或所有物），表示尊敬、鄭重、親愛，另外，還有習慣用法等意思。基本上，名詞如果是日本原有的和語就接「お」，如「お仕事（您的工作）、お名前（您的姓名）」。中文意思是：「您…、貴…」。如例：

・こちらにお名前(なまえ)をお書(か)きください。
請在這裡留下您的大名。

・明日(あす)もお仕事(しごと)ですか。
請問明天一樣要上班嗎？

比　較 ▸▸▸▸ お／ご～いたす〔表尊敬〕
「お／ご＋名詞」與「お／ご～いたす」都表示尊敬。但「お／ご＋名詞」的「お／ご」後面接名詞；「お／ご～いたす」的「お／ご」後面接動詞ます形或サ變動詞詞幹。

ご＋中國漢語

如果是中國漢語則接「ご」如「ご住所（您的住址）、ご兄弟（您的兄弟姊妹）」，如例：

・田中社長(たなかしゃちょう)はご病気(びょうき)で、お休(やす)みです。
田中總經理身體不適，目前正在靜養。

・今度私(こんどわたくし)がご案内(あんない)します。
下回由我陪同導覽。

例外

但是接中國漢語也有例外情況，如例：

・1日(にち)に2リットルのお水(みず)を飲(の)みましょう。
建議每天喝個 2000cc 的水吧！

お／ご～になる

類義表現

お～する

我為您（們）做…

接續方法 ▸▸▸▸ お＋{動詞ます形}＋になる；ご＋{サ變動詞詞幹}＋になる

意　思 ❶

尊敬

動詞尊敬語的形式，比「（ら）れる」的尊敬程度要高。表示對對方或話題中提到的人物的尊敬，這是為了表示敬意而抬高對方行為的表現方式，所以「お～になる」中間接的就是對方的動作，如例：

- 社長（しゃちょう）は、もうお帰（かえ）りになったそうです。
  總經理似乎已經回去了。
- 先生（せんせい）は、新（あたら）しいパソコンをお買（か）いになりました。
  老師已購買了一台新電腦。

比　較 ▸▸▸▸ お～する〔我為您（們）做…〕

「お／ご～になる」是表示動詞的尊敬語形式；「お～する」是表示動詞的謙讓語形式。

ご＋サ変動詞＋になる

當動詞為サ行變格動詞時，用「ご～になる」的形式，如例：

- 部長（ぶちょう）、今朝（けさ）のニュースはごらんになりましたか。
  經理，今天早上播報的新聞您看到了嗎？

- 初（はじ）めてご使用（しよう）になるときは、かならず説明書（せつめいしょ）をお読（よ）みください。
  第一次使用前，請務必閱讀說明書。

grammar 008 お／ご～する

我為您（們）做…

Track N4-119

類義表現

お～いたす

我為您（們）做…

接續方法 ▸▸▸▸ お＋{動詞ます形}＋する；ご＋{サ變動詞詞幹}＋する

意　思 ❶

謙讓

表示動詞的謙讓形式。對要表示尊敬的人，透過降低自己或自己這一邊的人，以提高對方地位，來向對方表示尊敬。中文意思是：「我為您（們）做…」。如例：

- 郵便でお送りしてもいいですか。
  可以採用郵寄的方式嗎？
- 私が荷物をお持ちします。
  行李請交給我代為搬運。

比　較 ▸▸▸▸ お～いたす〔我為您（們）做…〕

「お～する」跟「お～いたす」都是謙讓語，用在降低我方地位，以對對方表示尊敬，但語氣上「お～いたす」是比「お～する」更謙和的表達方式。

ご＋サ変動詞＋する

當動詞為サ行變格動詞時，用「ご～する」的形式，如例：

- こちらで食事をご用意してもいいですか。
  請問可以由我們為您準備餐點嗎？
- 英語と中国語で、ご説明します。
  請容我使用英文和中文為您說明。

grammar 009

お／ご～いたす

我為您（們）做…

接續方法 ▸▸▸▸ お＋{動詞ます形}＋いたす；ご＋{サ變動詞詞幹}＋いたす

意　思 ❶

謙讓

這是比「お～する」語氣上更謙和的謙讓形式。對要表示尊敬的人，透過降低自己或自己這一邊的人的說法，以提高對方地位，來向對方表示尊敬。中文意思是：「我為您（們）做…」。如例：

・これからもよろしくお願いいたします。
往後也請多多指教。

・後からお電話いたします。
稍後將再次致電。

比　較 ▸▸▸▸ お／ご～いただく〔懇請您…〕

「お～いたす」是自謙的表達方式。通過自謙的方式表示對對方的尊敬，表示自己為對方做某事；「お～いただく」是一種更顯禮貌鄭重的自謙表達方式。是禮貌地請求對方做某事。

ご＋サ変動詞＋いたす

當動詞為サ行變格動詞時，用「ご～いたす」的形式，如例：

・会議の資料は、こちらでご用意いたします。
會議資料將由我方妥善準備。

・あらためてご連絡いたします。
日後將再次聯絡。

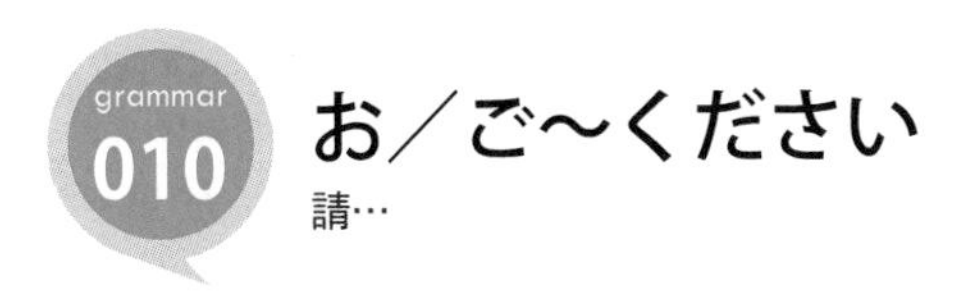

grammar 010 お／ご～ください

請…

接續方法 ▸▸▸▸ お＋{動詞ます形}＋ください；ご＋{サ變動詞詞幹}＋ください

意　思 1

尊敬

尊敬程度比「～てください」要高。「ください」是「くださる」的命令形「くだされ」演變而來的。用在對客人、屬下對上司的請求，表示敬意而抬高對方行為的表現方式。中文意思是：「請…」。如例：

- どうぞ、こちらにおかけください。
  這邊請，您請坐。
- すみませんが、右側(みぎがわ)にお並(なら)びください。
  不好意思，請從右手邊開始排隊。

比　較 ▸▸▸▸ てください〔請…〕

「お～ください」跟「てください」都表示請託或指示，但「お～ください」的說法比「てください」更尊敬，主要用在上司、客人身上；「てください」則是一般有禮貌的說法。

ご＋サ変動詞＋ください

當動詞為サ行變格動詞時，用「ご～ください」的形式，如例：

- この書類(しょるい)です。ご確認(かくにん)ください。
  就是這份文件，敬請過目。
- では次(つぎ)のページをごらんください。
  接著，請各位翻到下一頁。

無法使用

「する（上面無接漢字，單獨使用的時候）」跟「来る」無法使用這個文法。

(さ)せてください

請允許…、請讓…做…

接續方法 ▸▸▸▸ {動詞使役形；サ變動詞詞幹}＋(さ)せてください

意　　思 ❶

謙讓－請求允許

表示「我請對方允許我做前項」之意，是客氣地請求對方允許、承認的說法。用在當說話人想做某事，而那一動作一般跟對方有關的時候。中文意思是：「請允許…、請讓…做…」。如例：

- 今度(こんど)、卒業式(そつぎょうしき)の写真(しゃしん)を見(み)させてください。
  下回請讓我看畢業照。

- 少(すこ)し私(わたし)に説明(せつめい)させてください。
  請容許我解釋一下。
- 会議(かいぎ)の後(あと)で、彼(かれ)をここに来(こ)させてください。
  會議結束後，請他過來一趟。
- 疲(つか)れました。ここで少(すこ)し休(やす)ませてください。
  我累了，請讓我在這裡稍微休息一下。

比　　較 ▸▸▸▸ てください〔請…〕

「（さ）せてください」表示客氣地請對方允許自己做某事，所以「做」的人是說話人；「てください」表示請對方做某事，所以「做」的人是聽話人。

文法小祕方 6 ▶ 被動形

動詞的被動形變化

1 第一類（五段動詞）

將動詞辭書形變成“ない”形，然後將否定形的“ない”去掉，最後加上“れる”就可以了。

例如：

洗（あら）う → 洗（あら）わない → 洗（あら）わ → 洗（あら）われる

触（さわ）る → 触（さわ）らない → 触（さわ）ら → 触（さわ）られる

作（つく）る → 作（つく）らない → 作（つく）ら → 作（つく）られる

2 第二類（一段動詞）

去掉動詞辭書形辭尾“る”，再加上“られる”就可以了。

例如：

調（しら）べる → 調（しら）べ → 調（しら）べられる

開（あ）ける → 開（あ）け → 開（あ）けられる

忘（わす）れる → 忘（わす）れ → 忘（わす）れられる

3 第三類（カ・サ変動詞）

將来（く）る變成“来（こ）られる”；將する變成“される”

例如：

来（く）る → 来（こ）られる　　する → される　　電話（でんわ）する → 電話（でんわ）される

動詞的被動形的意思

表示被動。日語的被動態，一般可分為「直接被動」和「間接被動」。

1 直接被動

表示某人直接承受到別人的動作。被別人怎樣的人做主語，句型是「主語が／は（だれか）に…（さ）れる」。但是實行動作的人是以感情、語言為出發點時，「に」可以改用「から」；又表達社會活動等，普遍為大家知道的事（主語），這時候由於動作主體沒辦法特定，所以一般文中不顯示；又動詞用「作る（做）、書く（寫）、建てる（蓋）、発明する（發明）、設計する（設計）」等，表達社會對作品、建築等的接受方式，大多用在事實的描寫文。

2 間接被動

由於別人的動作，而使得身體的一部分或所有物等，間接地承受了某人的動作。接受動作的人為主語，但常被省略，實行動作的人用「に」表示。句型是「主語が／は（だれか）に（主語の所有物など）を…（さ）れる」。另外，由於天氣等自然現象的作用，而間接受到某些影響時。這時一般為自動詞。「間接被動」一般用在作為主語的人，因為發生某事態，而間接地受到麻煩或災難。中文的意思是「被…」。

文法小祕方 7 ▸ 敬語

特別形

特別形動詞	尊敬語	謙譲語
します	なさいます	いたします
来ます	いらっしゃいます	まいります
行きます	いらっしゃいます	まいります
います	いらっしゃいます	おります
見ます	ご覧になります	拝見します
言います	おっしゃいます	申します
寝ます	お休みになります	
死にます	お亡くなりになります	
飲みます	召し上がります	いただきます
食べます	召し上がります	いただきます
会います		お目にかかります
着ます	お召しになります	
もらいます		いただきます
聞きます		伺います
訪問します		伺います
知っています	ご存じです	存じております
～ています	～ていらっしゃいます	～ております
～てください	お～ください	

文法小祕方 8 ▸ 使役形

動詞的使役形變化

❶ 第一類（五段動詞）

把動詞辭書形變成“ない”形。然後去掉“ない”，最後加上“せる”就可以了。

例如：

洗(あら)う → 洗(あら)わない → 洗(あら)わ → 洗(あら)わせる

待(ま)つ → 待(ま)たない → 待(ま)た → 待(ま)たせる

笑(わら)う → 笑(わら)わない → 笑(わら)わ → 笑(わら)わせる

❷ 第二類（一段動詞）

去掉動詞辭書形辭尾“る”再加上“させる”就可以了。

例如：

浴(あ)びる → 浴(あ)び → 浴(あ)びさせる

入(い)れる → 入(い)れ → 入(い)れさせる

変(か)える → 変(か)え → 変(か)えさせる

❸ 第三類（カ・サ変動詞）

將来(く)る變成“来(こ)させる”；將する變成“させる”就可以了。

例如：

来(く)る → 来(こ)させる

する → させる

散歩(さんぽ)する → 散歩(さんぽ)させる

Grammar 文法小祕方 9 ▸ 使役被動形

動詞的使役被動形變化

1 第一類（五段動詞）

將動詞辭書形變成“ない”形，然後去掉“ない”，最後加上“せられる”或“される”就可以了。（五段動詞時常把「せられる」縮短成「される」。也就是「せら (sera)」中的 (er) 去掉成為「さ (sa)」）。

例如：

会(あ)う → 会(あ)わない → 会(あ)わ → 会(あ)わせられる → 会(あ)わされる

弾(ひ)く → 弾(ひ)かない → 弾(ひ)か → 弾(ひ)かせられる → 弾(ひ)かされる

帰(かえ)る → 帰(かえ)らない → 帰(かえ)ら → 帰(かえ)らせられる → 帰(かえ)らされる

另外，サ行動詞的變化比較特別。同樣地，把動詞辭書形變成“ない”形，然後去掉“ない”，最後加上“せられる”就可以了。

返(かえ)す → 返(かえ)さない → 返(かえ)さ → 返(かえ)させられる

話(はな)す → 話(はな)さない → 話(はな)さ → 話(はな)させられる

2 第二類（一段動詞）

將動詞辭書形變成“ない”形，然後去掉“ない”，最後加上“させられる”就可以了。

例如：

疲(つか)れる → 疲(つか)れない → 疲(つか)れ → 疲(つか)れさせられる

付(つ)ける → 付(つ)けない → 付(つ)け → 付(つ)けさせられる

止(や)める → 止(や)めない → 止(や)め → 止(や)めさせられる

❸ 第三類（カ・サ変動詞）

將来（く）る變成“来（こ）させられる”；將する變成“させられる”就可以了。

例如：

来（く）る → 来（こ）させられる　　　する → させられる

電話（でんわ）する → 電話（でんわ）させられる

秘方習題 ▸ 請寫出下列表中動詞的使役被動形

❶ 作（つく）る ▸		⓫ 走（はし）る ▸	
❷ かける ▸		⓬ なる ▸	
❸ 食（た）べる ▸		⓭ 呼（よ）ぶ ▸	
❹ 見（み）る ▸		⓮ 始（はじ）める ▸	
❺ 食事（しょくじ）する ▸		⓯ 払（はら）う ▸	
❻ 届（とど）ける ▸		⓰ する ▸	
❼ 吸（す）う ▸		⓱ 閉（し）める ▸	
❽ 驚（おどろ）く ▸		⓲ 負（ま）ける ▸	
❾ 降（お）りる ▸		⓳ 勝（か）つ ▸	
❿ やめる ▸		⓴ 忘（わす）れる ▸	

答案：❶ 作（つく）らせられる ❷ かけさせられる ❸ 食（た）べさせられる ❹ 見（み）させられる ❺ 食事（しょくじ）させられる ❻ 届（とど）けさせられる ❼ 吸（す）わせられる ❽ 驚（おどろ）かせられる ❾ 降（お）りさせられる ❿ やめさせられる ⓫ 走（はし）らせられる ⓬ ならせられる ⓭ 呼（よ）ばせられる ⓮ 始（はじ）めさせられる ⓯ 払（はら）わせられる ⓰ させられる ⓱ 閉（し）めさせられる ⓲ 負（ま）けさせられる ⓳ 勝（か）たせられる ⓴ 忘（わす）れさせられる

文法知多少？

☞ 請完成以下題目，從選項中，選出正確答案，並完成句子。

▼ 答案詳見右下角

1 財布(さいふ)を泥棒(どろぼう)に（　　）。

1　盗(ぬす)まれた　　2　盗(ぬす)ませた

2 帽子(ぼうし)が風(かぜ)に（　　）。

1　飛(と)ばせた　　2　飛(と)ばされた

3 (同僚(どうりょう)に) これ、今日(きょう)の会議(かいぎ)で使(つか)う資料(しりょう)（　　）。

1　でございます　　2　です

4 この問題(もんだい)、（　　）。

1　できられますか　　2　おできになりますか

5 明日(あした)、こちらから（　　）。

1　ご電話(でんわ)します　　2　お電話(でんわ)いたします

6 こちらに（　　）ください。

1　お来(き)て　　2　来(き)て

7 お父(とう)さん。結婚(けっこん)する相手(あいて)は、自分(じぶん)で決(き)め（　　）。

1　させてください　　2　てください

答案：(1) 1　(2) 2　(3) 2　(4) 2
(5) 2　(6) 2　(7) 1

もんだい１　（　　）に　何を　入れますか。１・２・３・４から　いちばん　いい　ものを　一つ　えらんで　ください。

1　明日、学校で　試験が　（　　　）　ます。

1　行い　　2　行われ　　3　行った　　4　行う

2　母が　子どもに　部屋の　そうじを　（　　　）。

1　しました　　2　させました

3　されました　　4　して　いました

3　先生が　（　　　）　本を　読ませて　ください。

1　お書きした　　2　お書きに　しない

3　お書きに　する　　4　お書きに　なった

4　校長先生が　あいさつを　（　　　）　ので　静かに　しましょう。

1　した　　2　しよう　　3　される　　4　すれば

5　どうぞ　こちらに　お座り　（　　　）。

1　に　なる　　2　いたす　　3　します　　4　ください

6　私が　パソコンの　使い方に　ついて　ご説明　（　　　）。

1　ございます　　2　なさいます

3　いたします　　4　くださいます

もんだい２　＿＿★＿＿に　入る　ものは　どれですか。１・２・３・４から　いちばん　いい　ものを　一つ　えらんで　ください。

7　(デパートで)

「お客さま、この　シャツは　少し　小さいようですので、もう　少し　＿＿＿　＿＿＿　＿★＿　＿＿＿　か。」

1　しましょう　　2　お持ち　　3　大きい　　4　ものを

8　学生「日本の　お米は　＿＿＿　＿＿＿　＿★＿　＿＿＿　いるのですか。」

先生「九州から　北海道まで、どこでも　生産して　います。」

1　て　　2　どこ　　3　作られ　　4　で

▼ 翻譯與詳解請見 P.222

答案＆解題

[こたえ ＆ かいとうヒント]

01 助詞

問題 1

＊1. 答案 2

A：「你今天去了哪裡（呢）？」
B：「和姊姊一起去公園了哦。」
1 向　2 呢　3 但　4 因為

＊解題

▲ 疑問句「～行きましたか／去了呢」是丁寧體（禮貌形），其普通體（普通形）是「～行ったの？／去了呢」。

＊2. 答案 3

五點（之前）把作業完成吧！
1 即使到了　2 直到
3 之前　4 到了（程度）

＊解題

▲ 「までに／在…之前」是表現期限或截止時間的用法。例如：

・レポートは金曜(きんよう)までに出(だ)してください。
報告請在星期五前交出來。
（星期三星期四都可以。最晚星期五要交的意思）

・大学卒業(だいがくそつぎょう)までに資格(しかく)を取(と)りたい。
我想在大學畢業前考到證照。

▲ →請順便記住「まで／到…為止」和「までに／在…之前」的差別吧。

▲ 「まで」表示範圍。例如：

・毎晩(まいばん)7時(じ)から10時(じ)まで勉強(べんきょう)します。
每晚從7點用功到10點。
（不是9點而是10點）

・駅(えき)から家(いえ)まで10分(ぷん)です。
從車站到我家需要10分鐘。

・雨(あめ)が止(や)むまで待(ま)ちます。
等到雨停。

▲ 選項2的「までは／到…為止」是「まで／到…為止」的強調形。

＊3. 答案 3

別（光是）看漫畫，快去念書！
1 即使　2 也　3 光是　4 直到

＊解題

▲ 「ばかり／光是」是指「淨是做某事，其他都不做」的意思。例如：

・妹(いもうと)はお菓子(かし)ばかり食(た)べている。
妹妹總是愛吃零食。

・今日(きょう)は失敗(しっぱい)ばかりだ。
今天總是把事情搞砸。

・遊(あそ)んでばかりいないで、働(はたら)きなさい。
不要整天遊手好閒，快去工作。

＊4. 答案 3

A：「你爸的工作是啥？」
B：「卡車司機啦！」
1 之類　2 也是　3 啥　4 因為

＊解題

▲ 「何だい？／是啥」是「何ですか／什麼呢」的普通體、口語形式。「何ですか」的普通體是「何？／什麼」，但是「（疑問詞）＋だい／啥」更強調質問的意味，通常只有成年男性使用，也屬於比較老派的用法。例如：

・今(いま)、何時(なんじ)だい？
現在幾點啦？

・なんで分(わ)かったんだい？
怎麼知道的呢？

＊5. 答案 4

請說清楚，你到底喜歡他（與否）。
1 是哪一個　2 什麼
3 為什麼　4 與否

＊解題

▲「～かどうか～／與否…」是在句子中插入疑問句的用法。題目的意思是「彼のことが好きですか、それとも好きじゃありませんか、はっきりしてください／你喜歡他，還是不喜歡他，請明確的說出來」。例如：

・吉田さんが来るかどうか分かりません。
吉田先生究竟來還是不來，我也不清楚。

・あの店が今日休みかどうか知っていますか。
你知道那家店今天有沒有營業嗎？

※當在句中插入含有疑問詞的疑問句時，要用「（疑問詞）か～／嗎」的形式。例如：

・あの店がいつ休みか知っていますか。
那家店什麼時候休息你知道嗎？

＊6. 答案 1

A：「派對玩得開心（嗎）？」
B：「是的，玩得很開心。」
1 嗎　2 之類　3 即使　4 因為

＊解題

▲「～かい？／嗎」是「～ですか」「～ますか」的普通體、口語形。一般來說「楽しかったですか／高興嗎？」的普通體是「楽しかった？」，但「～かい？」主要是成人男性使用，用在上司對下屬、長輩對晚輩說的話。例如：

・君は大学生かい？
你是大學生嗎？

・僕の言うことが分かるかい？
我說的話你聽懂了嗎？

＊7. 答案 2

「既然書都唸完了，要不要看電視（之類的）呢？」
「說的也是，來看電視吧。」
1 都　2 之類的　3 即使　4 直到

＊解題

▲「（名詞）でも／之類的」是舉例的用法。用於表達心中另有選項或其他選項亦可的想法。例如：

・もう3時ですね。お茶でも飲みませんか。
已經3點了！要不要喝杯茶或什麼的呢？

・A：パーティーに何か持って行きましょうか。
B：じゃあ、ワインでも買ってきてください。
A：要不要帶點什麼去派對呢？
B：那就買些葡萄酒來吧！

▲「勉強も終わったし／書都念完了」的「し／因為」表示原因、理由。例如：

・もう遅いし、帰ろう。
已經很晚了，我們回家吧。（因為很晚所以回家）

《其他選項》

▲選項1：「も／都」雖然表示附加，但題目中唸書和看電視對說話者來說是兩件性質不同的事，因此無法以並列形式來表達。以下的例子，對說話者而言，唱歌跟跳舞是相同性質的事（今天做過的事）。例如：

・今日は歌も歌ったし、ダンスもしました。
今天既唱了歌也跳了舞。（「歌ったし」的「し／既」表示並列用法…）

＊8. 答案 3

A：「這裡（可以）吸菸（嗎）？」
B：「不好意思，這裡是禁菸區。」
1 給我嗎　2 應該嗎
3 可以嗎　4 是那樣的嗎

＊解題

▲「（動詞て形）てもいいですか／可以嗎」表示徵求對方許可的用法。例如：

・もう帰ってもいいですか。
我可以回去了嗎？

・A：この資料(しりょう)、頂(いただ)いてもいいですか。

B：はい、どうぞお持(も)ちください。

A：這份資料可以給我嗎？

B：可以的，請拿去。

02 指示詞、句子的名詞化及縮約形

問題 1

＊1. 答案 1

京都（炎熱的程度）超乎我的想像。

1 炎熱的程度　　2 熱

3 熱得簡直…　　4 因為熱

＊ 解題

▲「（形容詞語幹）さ／的程度」可將表示程度的形容詞予以名詞化。例如：

・箱(はこ)の大(おお)きさを測(はか)ります。

測量箱子的大小。

・これは人(ひと)の強(つよ)さと優(やさ)しさを描(えが)いた映画(えいが)です。

這是一部講述人類堅強又溫厚的電影。

▲ 由於題目是「京都の（　）は、～／京都的」，（　）之中應填入名詞。所以選項２、３、４都無法填入。

※「（形容動詞語幹）さ／的程度」也同樣是將表示程度的形容詞予以名詞化。例如：

・命(いのち)の大切(たいせつ)さを知(し)ろう。

你要了解生命的可貴！

＊2. 答案 1

把放在冰箱裡的蛋糕吃掉（的是）由美小姐。

1 的是　　2 X　　3 X　　4 分明

＊ 解題

▲「のは／的是」的「の／的」用於代替名詞。如此一來，不必重複前面出現過的名詞，只要用「の」替換即可。本題可參考下列對話的Ｂ。例如：

・A：ケーキを食(た)べた人(ひと)は誰(だれ)ですか。

B：ケーキを食(た)べたのは由美(ゆみ)さんです。

A：是哪個人把蛋糕吃掉了？

B：吃掉蛋糕的是由美小姐。（「の」指的是吃掉蛋糕的「那個人」）

・この靴(くつ)が欲(ほ)しいんですが、もっと小(ちい)さいのはありますか。

我想要這雙鞋，請問有更小號的嗎？（「の」指的是鞋子）

＊3. 答案 4

我的興趣是聽音樂（　）。

1 東西　　2 的時候　3 直到　　4 X

＊ 解題

▲「趣味は／興趣是」之後應該是「趣味は（名詞）です／興趣是（名詞）」，或是「趣味は（動詞辭書形）ことです／興趣是（動詞辭書形）」。例如：

・私(わたし)の趣味(しゅみ)はスキーです。

我的興趣是滑雪。

・私(わたし)の趣味(しゅみ)は走(はし)ることです。

我的興趣是跑步。

問題 2

以下文章是介紹朋友的作文。

吉田同學是我的朋友。吉田同學從高中開始就最喜歡跑步。下課後，他總是一個人在學校附近跑步好幾圈。這樣的吉田同學現在已經成為大學生了。聽說他現在也每天都會在住家附近跑步。

要去稍微遠一點的超市時，吉田同學也不會搭公車，而是用跑的過去。因此我試著問他「吉田同學為什麼不搭公車？」於是他回答「我可以比公車更快到達超市。因為公車會在公車站停好幾次，但我中途不會停下。」

＊公車站：為了能讓乘客上下車，公車停靠的地方。

＊4. 答案 3

1 但	2 似乎是	3 名叫	4 稱做

＊ 解題

▲「（名詞一）という（名詞二）／叫作（名詞一）的（名詞二）…」用於說明知名度不高的人、物或地點。也可以用在當說話者或對方不熟悉談論對象時。例如：

・「となりのトトロ」というアニメをしっていますか。
「你知道「龍貓」這部卡通嗎？

・「すみません。SK ビルという建物はどこにありますか」
「不好意思，請問有一棟叫作 SK 大廈的建築物在哪裡呢？」

＊5. 答案 3

1 無論是什麼樣的　2 那麼的
3 那樣的（意指「如此熱愛跑步的」）
4 似乎是

＊ 解題

▲ 承接前面的說明，連接下一個話題時的說法。「そんな／那樣的」指的是前面介紹到的吉田同學的兩句話。例如：

・A：あなたなんて嫌い。
B：そんなこと言わないで。
A：我討厭你！
B：求你別說那種話！

・私は毎日泣いていました。彼に出会ったのはそんなときでした。
當時我天天以淚洗面。就在那個時候，我遇到他了。

《其他選項》

▲ 選項１：「どんな（名詞）も／無論（名詞）都」表示（該名詞）全部的意思，不適合用於本題。例如：

・私はどんな仕事もきちんとやります。
無論什麼工作我都會兢兢業業地完成。

▲ 選項２：「あんな／那麼的」用於表達比「そんな／這樣」更遠的事。例如：

・昨日友達とけんかして、嫌いと言ってしまった。あんなこと、言わなければよかった。
昨天和朋友吵架，脫口說了「我討厭你」。當時如果沒說那句話就好了。

＊6. 答案 1

1 不搭乘	2 要是搭了
3 即使搭乘	4 如果要搭的話

＊ 解題

▲ 因為題目出現了「走って行きます／用跑的過去」的句子，由此可知並沒有搭乘巴士，所以要選擇和「乗らないで／不搭乘」意思相同的「乗らずに／不搭乘而…」。例如：

・昨夜は寝ずに勉強した。
昨晚沒睡，苦讀了一整個晚上。

・大学には進学せずに、就職するつもりです。
我不打算繼續念大學，想去工作。

＊7. 答案 4

1 被問了	2 打算詢問
3 讓對方問	4 試著問過

＊ 解題

▲ 我向吉田提出問題。「（動詞て形）てみます／試著」表示嘗試做某事。例如：

・その子供に、名前を聞いてみたが、泣いてばかりで答えなかった。
雖然試著尋問那孩子的名字，但孩子只是一昧哭著沒有回答。

・駅前に新しくできた店に行ってみた。
車站前有家新開張的商店，我去看了一下。

《其他選項》

▲ 選項１：「聞かれました／被問了」是被動形，意思是吉田同學問了我，所以不是正確答案。

▲ 選項２：「（動詞辭書形）つもりです／打算」表示未來的預定計畫。

▲ 選項３：「（動詞て形）あげます／給…」的語氣是我為你著想而做某事，是上位者對下位者的用法。由於提問人並不是為了吉田同學著想才問了這句話，所以不是正確答案。

※ 即使是為了對方著想，這種用法仍然失禮，一般很少使用。除非有從屬關係，或是彼此的關係很親近，才能使用。例如：

・直(なお)してあげるから、レポートができたら持(も)ってきなさい。
我會幫你改報告，完成後拿過來。

・できないなら、私(わたし)がやってあげようか。
你要是做不到的話，讓我來幫你做吧。

＊8. 答案 2

1 必須到達	2 可以到達
3 好像到達也可以	4 不可能到達

＊ 解題

▲ 題目提到「バスは何回も～止まるけど、ぼくは～止まらないからね／巴士得在停靠…好幾次，但我…不會停下」，而「～から／因為」表示理由。由「ぼくは～止まらないから」這句話可知是在說明理由，所以後面應該接「バスより早くスーパーに着くことができる／可以比巴士更快到達超市」。

《其他選項》

▲ 其他選項１、３、４從文意上考量，都無法說明「ぼくは～止まらないから」的理由。

▲ 選項１：「（動詞ない形）なければならない／必須」表示必須或義務。

▲ 選項３：「（動詞て形）てもいい／也可以」表示許可，「らしい／好像」則表示推測。

▲ 選項４：「（動詞辭書形）はずがない／不可能」表示推測沒有這個可能性。

03 許可、禁止、義務及命令

問題 1

＊1. 答案 2

「快點（起床啦）！上學要遲到了哦！」
1 起床　2 起床啦　3 起床了　4 不起床

＊ 解題

▲ 由於對話中是向對方說「学校に遅れるよ／上學要遲到了哦！」，所以應該選擇能夠表達嚴厲指示的「起きろ／起床」。「起きろ」是第２類動詞（一段活用動詞）「起きる」的命令形。例如：

・君(きみ)に用(よう)はない。帰(かえ)れ。
沒你的事，快滾！

・危(あぶ)ない、逃(に)げろ！
危險，快逃！

・この絵(え)は、止(と)まれという意味(いみ)です。
這個圖案是指「停止」的意思。

※「遅れるよ／要遲到了哦」的「よ／哦」用於表達說話者要提醒對方、給對方忠告。例如：

・煙草(たばこ)は体(からだ)によくないよ。
抽菸有害身體健康哦！

・お母(かあ)さんに謝(あやま)ったほうがいいよ。
最好向媽媽道個歉哦！

＊2. 答案 2

上課中（要）保持安靜！
1 似乎　2 要　3 想做　4 繼續做

＊ 解題

▲「（動詞ます形）なさい／要」是命令形的丁寧形（禮貌形）。例如：

・次の質問に答えなさい。
要回答以下的問題。

・たかし、早く起きなさい。
小隆，快起床了！

＊3. 答案 4

開始上課後（不可以站起來）座位上。（亦即：開始上課後不可以離開座位。）
1 曾經站立過　　2 持續站立
3 就在站立的時候　　4 不可以站起來

＊ 解題

▲ 句型「（動詞①た形）たら、動詞②文／一（動詞①），就（動詞②）」，表示在動詞①（未來的事）完成之後，從事動詞②的行為。這種句型沒有「もし／假如」的假設意思。例如：

・家に着いたら、電話します。
一回到家就給你打電話。

・5時になったら帰っていいですよ。
5點一到就可以回家了喔。

▲ 題目要表達的是，現在可以站著，但是開始上課後就不可以站起來離開座位。

《其他選項》

▲ 選項1：「（動詞た形）ことがあります／曾經」表示過去的經驗。例如：

・私は香港へ行ったことがあります。
我去過香港。

▲ 選項2：「席を立ち続ける／持續站起在座位上」的語意並不通順（「席を立つ／站起」是一瞬間的動作，沒辦法持續）。如果是「授業が始まったら、席を立ちます／開始上課後從座位起身」則為正確的敘述方式。

▲ 選項3：「（動詞辭書形）ところです／就在…的時候」表示正準備開始進行某個動作之前。例如：

・私は今、お風呂に入るところです。
我現在正準備洗澡。

問題2

下方的文章是松本先生在新年時寄給留學生祁先生的信。

> 祁先生，新年快樂。
>
> 今年也請多多指教。
>
> 這是您在日本度過的第一個新年呢！您去了哪裡嗎？我和家人一起來到了奶奶住的鄉下。昨天正是一整年的最後一天呢。
>
> 在日本，這一天被稱作「除夕」，每個人都非常忙碌。上午，全家人都必須從一大早打掃房子。然後，到了下午就開始烹煮很多道年菜。我每年也都和妹妹一起幫忙做菜，可是今年享用的是奶奶已經做好的年菜。
>
> 那麼，我們學校見囉！

＊4. 答案 2

1 就是　　2 的　　3 在　　4 不許

＊ 解題

▲ 本題在說明對祁先生而言，這個新年具有什麼樣的意義。這是他「日本で初めて迎えるお正月／在日本過的第一個新年」。「初めて／第一次」是副詞。例如：

・初めての海外旅行は、シンガポールに行きました。
第一次出國旅遊去了新加坡。

＊5. 答案 2

1 就是　　2 正是　　3 似乎　　4 是

＊ 解題

▲ 因為是在講述昨天的事，所以答案要選過去式。

＊ 6. 答案 3

1 被迫　　2 即使不做也
3 不做不行　　4 做

＊ 解題

▲ 由於後面接的是「なりません／不」，所以答案應該選「しなくては／不做」，也就是「なくてはならない／必須」的句型。

《其他選項》

▲ 選項１：「させられて／被迫做」是「して／做」的使役被動形。選項４「いたして／做」是「して」的謙讓語。「して」的後面不能接「なりません」。

▲ 選項２：「しなくても／即使不做也」後面應該接「いいです／沒關係」。

※ 使役受身的例子：

・私は母に掃除をさせられました。
我被媽媽叫去打掃了。
→打掃的人是我，而指示我「去打掃」的人是媽媽。這句話隱含的意思是我其實並不想打掃。

＊ 7. 答案 1

1 幫忙　　2 因為幫忙
3 不幫忙不行　　4 或者幫忙

＊ 解題

▲ 請思考「私は毎年、料理を作るのを手伝います／我每年都會幫忙做菜」和「今年は祖母が作った料理をいただきました／可是今年享用的是奶奶已經做好的年菜」這兩句話的關係。也就是把「毎年／每年」和「今年／今年」拿來做比較，由此聯想到「毎年（は）～が、今年は～／每年都是…，但今年則是…」的句型。

※「～は～が、～は～／是…但是」句型的例子：

・犬は好きですが、猫は好きじゃありません。
我喜歡狗，但不喜歡貓。

＊ 8. 答案 4

1 其後　　2 然後　　3 即使如此 4 那麼

＊ 解題

▲ 這是在說出道別語之前的用詞。其他還有「それでは／那麼」「では／那麼」「じゃ／那」等等的用法。例如：

・それでは、さようなら。
那麼，再見囉。

・じゃあ、また明日。
那麼，我們明天見囉。

04 意志及希望

問題 1

＊ 1. 答案 2

（在餐廳裡）
小林：「鈴木先生要（點什麼）？」
鈴木：「我點三明治吧。」
1 那可怎麼好　　2 點什麼
3 做了什麼　　4 究竟是什麼

＊ 解題

▲ 「（名詞）にする／決定」用於從多個選項挑出其中一個選項的時候。例如：

・店員：こちらのかばんは軽くて使い易いですよ。
客：じゃ、これにします。
店員：這個包包既輕巧又方便喔！
客人：那，我買這個。

・「どれにしようかな。どれもおいしそうだな。」
「選哪道好呢？每道菜看起來都是那麼美味可口。」

※ 鈴木的答句「私はサンドイッチにしよう／我點三明治」，句中的「しよう／點吧」是「する／做」的意向形，而「しようと思います／我想做（點）」的「と思います／想」被省略了。

＊2. 答案 2

A：「在下個路口左轉，或許比較近。」
B：「那麼，就左轉（看看）吧！」
1 完了　　2（嘗試）看看
3 的樣子　　4 就這樣吧

＊ 解題

▲「（動詞て形）てみる／嘗試…看看」表示嘗試做某事。例如：

・日本(にほん)に行(い)ったら、温泉(おんせん)に入(はい)ってみたいです。
如果去了日本，想去試一試泡溫泉

・（靴屋(くつや)で）
客(きゃく)：この靴(くつ)を履(は)いてみてもいいですか。
店員(てんいん)：はい、どうぞ。
（在鞋店）
客人：我可以試穿一下這雙鞋子嗎？
店員：可以的，您試穿一下。

《其他選項》

▲ 選項1：「（動詞て形）てしまう／…（動詞）了」表示完結或失敗。例如：

・その本(ほん)はもう読(よ)んでしましました。
那本書已經讀完了。

・財布(さいふ)を忘(わす)れてしまいました。
忘了帶錢包出門。

▲ 選項4：「（動詞て形）ておく／預先…好、（做）…好」表示準備。例如：

・ビールは冷蔵庫(れいぞうこ)に入(い)れておきます。
啤酒已經放進冰箱裡。

・はさみは引(ひ)き出(だ)しにしまっておいてください。
剪刀請收進抽屜裡。

＊3. 答案 2

他不（想）去醫院。
1 想　　2 X　　3 想　　4 X

＊ 解題

▲ 在表達願望的句型「（動詞ます形）たい／想」後面加上「～がる／覺得」，以表達他人的情感。例如：

・「私(わたし)」が主語(しゅご)→私(わたし)は先生(せんせい)に会(あ)いたいです。
當「私／我」是主語時→我想和老師見面。

・「彼(かれ)」が主語(しゅご)→彼(かれ)は先生(せんせい)に会(あ)いたがっています。
當「彼／他」是主語時→他想和老師見面。

▲ 題目是「～たがる／想…」的否定形「～たがらない／不想…」。例如：

・うちの子供(こども)は薬(くすり)を飲(の)みたがらない。
我家的孩子不願意吃藥。

・彼(かれ)は誰(だれ)もやりたがらない仕事(しごと)を進(すす)んでやる人(ひと)です。
他是一個能將別人不願做的事做好的人。

＊4. 答案 3

天色暗下來了，差不多（該回去了）。
1 已經回去了　　2 正在回去的路上
3 該回去了　　4 不回去

＊ 解題

▲「そろそろ／差不多要…」表示與某個時間點很接近，而表達的內容則是未來的事。例如：

・そろそろお父(とう)さんが帰(かえ)ってくる時間(じかん)だよ。
該是爸爸快回來的時候了。

・雨(あめ)も止(や)んだようだし、そろそろ出(で)かけようか。
雨好像也停了，差不多該出門了吧。

《其他選項》

▲「そろそろ」用在接下來要做的事，或接下來要發生的事上。選項1是過去式，選項2是現在進行式，選項3是否定式，所以都不是正確答案。

＊5. 答案 3

A：「怎麼了嗎？」
B：「好像（　）有股很香的味道。」
1 的　　2 X　　3 X　　4 於

＊ 解題

▲ 人聞到味道時可用「匂いがする／聞到味道」的形容方式。「音がする／聽到聲音」「味がする／嚐到味道」等等都是用來表示感受。例如：

・コーヒーの匂いがしますね。
聞到一股咖啡香呢！

・このスープは懐かしい味がします。
這道湯有著令人懷念的味道。

・頭痛がするので、帰ってもいいですか。
我頭痛，可以回去了嗎？

問題 2

＊ 6. 答案 2

A：「星期天要不要去打高爾夫球呢？」
B：「說的也是。那麼就決定去打高爾夫球了。」
1 X　2 去　3 高爾夫球　4 決定

＊ 解題

▲ 正確語順：それではゴルフに行くことにしましょう。

▲ 「（動詞辭書形）ことにします／決定」用於表達希望依照自己的意志做決定。例如：

・今日から煙草を止めることにします。
決定從今天開始戒菸。

・読まない本は全部売ることにしました。
已經決定把家裡不再閱讀的舊書全部賣掉。

▲ 「～行くことにしましょう／就決定去…吧」中「～」的部分應填入「ゴルフに／打高爾夫球」，所以正確的順序是「3→1→2→4」，而☆的部分應填入選項2「行く／去」。

※A 説「ゴルフにでも／打高爾夫球」的「でも」是舉出主要選項的說法。例如：

・A：疲れましたね。ちょっとお茶でも飲みませんか。
B：いいですね。じゃ、私がコーヒーをいれましょう。
A：有點累了耶。要不要喝杯茶或什麼呢？
B：好啊，那我來泡杯咖啡給你吧。

＊ 7. 答案 3

小川：「竹田先生，你打工存下來的錢打算怎麼使用呢？」
竹田：「我想去環遊世界。」
1 怎麼（用於何處）　2 打算
3 使用　4 錢

＊ 解題

▲ 正確語順：アルバイトでためたお金を何に使うつもりですか。

▲ 「ためた／存（錢）了」是「ためる／存（錢）」的過去式。在「アルバイトでためた／打工所存的」之後應填入「お金を／錢」。由於句尾的「ですか／呢」前面無法接「何に／怎麼」或「使う／使用」，所以只能填「つもりですか／打算…呢」。至於「何に使う／怎麼使用」則填在「つもり／打算」的前面。「何に使う／怎麼用」用於詢問對方使用目的或對象。所以正確的順序是「4→1→3→2」，而☆的部分應填入選項3「使う／使用」。

＊ 8. 答案 1

町田：「石川小姐，妳什麼時候要去聽音樂會？」
石川：「我打算下週日去。」
1 打算　2 X　3 去　4 X

＊ 解題

▲ 正確語順：来週の日曜日に行こうと思っています。

▲ 詢問的是「いつ行くのですか／什麼時候去呢」，因此可以預測回答是「来週の日曜日に行きます／下週日去」。「（動詞意向形）（よ）うと思っています／打算」是向對方表達自己的意志與計畫時的說法。

・将来は外国で働こうと思っています。
我將來打算到國外工作。

・来年結婚しようと思っています。
我打算明年結婚。

▲ 正確的順序是「3→2→1→4」，問題☆的部分應填入選項1「思って／打算」。

※「（動詞意向形）(よ）うと思っています／打算」表達從以前就一直（持續）有的想法。相對的「(動詞意向形)(よ)うと思います／我想…」則強調現在的想法。例如：

・1時間待ちましたが、誰も来ないので、もう帰ろうと思います。
已經等了1個小時了，因為人都來所以想要回去了。

05 判斷及推測

問題 1

＊1. 答案 3

（在教室裡）
A：「田中同學今天向學校請假了呢。」
B：「（聽說）他感冒了喔。」
1 因為　2 説是　3 聽說　4 老是

＊解題

▲ 應該選擇根據看見或聽到的訊息作出判斷的「らしい／聽説」。依照題目的敘述，B是從田中同學或其他人那裡直接或間接得知田中同學感冒了。例如：

・駅前で人が騒いでいる。事故があったらしい。
車站前擠著一群人鬧烘烘的，好像發生意外了。

・A：酷い雨ですね。
B：台風が来ているらしいですよ。
A：好大的雨呀！
B：聽說颱風快來了喔。

《其他選項》

▲ 選項1：雖然「ので／因為」是用來表示理由，但是「ので」後面不會接「よ／喔」。如果是「風邪をひいているので／因為得了感冒」則為正確的敘述方式，但這是在確切知道理由並向對方説明的時候使用。

▲ 選項2：「とか／説是」就像「らしい／聽説」，也是轉述從別人那裡聽到的訊息，但「とか」後面不會接「よ」，如果是「風邪をひいているとか／説是感冒了」則為正確的敘述方式。

▲ 選項3：「風邪をひいてばかりいる／老是感冒」的意思是時常感冒，表示頻率的用法。但是「ひいているばかり」的敘述方式並不通順。

＊2. 答案 2

A：「山本同學還沒來呢。」
B：「他説要來，所以（應該）會來的。」
1 正要…的時候　2 應該
3 是那樣嗎　4 那就好了

＊解題

▲ 由於對話中提到「来ると言っていた／説要來」與「必ず／一定」。所以表達有所根據（做出某判斷的理由），且説話者也深信此根據並想借此傳達時，則用「～はずです／應該」。例如：

・荷物は昨日送りましたから、今日そちらに着くはずです。
包裹已於昨天寄出了，今天應該就會送達那裡。

・高いワインですから、おいしいはずですよ。
紅酒十分昂貴，應該很好喝喔。

▲「必ず」表示可能性非常高。

《其他選項》

▲ 選項1：「（動詞辭書形）ところです／正要…的時候」表示馬上要做的動作前的樣子。因為是用於傳達事實，所以後面不會接「必ず／一定」。

▲ 選項３：「でしょうか／是那樣嗎」用於表示疑問。而「必ず」是表示深信某事，所以不正確。如果改用表示推測的「でしょう／…吧」則正確。

▲ 選項４：「来るといいです／來那就好了」用於表示願望，也是因為和表示深信某事的「必ず」語意不合，所以不正確。

＊3. 答案 3

請看那片雲！（好像）狗的形狀耶！
1 就像　2 好像　3 好像　4 應該是

＊ 解題

▲「（名詞）のような／好像」表示舉例的意思。例如：

・その果物はお菓子のような味がした。
那種水果嚐起來像糖果。

・屋上から見る町は、おもちゃのようだ。
從屋頂上俯瞰整座城鎮，猶如玩具模型一般。

《其他選項》

▲ 選項１：如果是「犬みたいな／像狗一樣」則為正確的敘述方式。雖然「～みたいな／好像」與「～のような」意思相同，但「～みたいな」較為口語。

▲ 選項２：「～そう（な）／好像」前接動詞或形容詞，表示動作發生稍前的狀況或現在所見所聞的狀態。例如：

・強い風で木が倒れそうです。
在強風吹襲下，樹木都快倒了。

・おいしそうなスープですね。
這湯看起來很美味喔。

▲ 選項３：「はず／應該」用在說話者有所依據（某判斷的理由）並且深信該依據時。

問題 2

下方的文章是以「日本的秋天」為主題所寫的文章。

〈颱風〉

艾咪・羅賓森

去年秋天，颱風侵襲了我居住的城鎮。電視上的氣象預報說這是一個威力非常強大的颱風。

當時，公寓的鄰居告訴我：「放在屋外的東西說不定會飛走，最好先把東西搬進屋裡吧。」為了不讓東西飛走，我把放在外面的東西搬到了屋內。

到了晚上，強風不斷吹襲。窗戶的玻璃簡直快裂開了，我非常害怕。

天亮後到外面一看，晴朗的天空彷彿什麼事都沒發生過似的。滿地掉的都是被風吹落的樹葉。

＊4. 答案 2

1 就好了　2 說不定　3 不可能　4 決定

＊ 解題

▲ 文中提到由於颱風而導致「～ものが飛んでいく（　）／東西飛走」，所以應該選擇具有「可能」含意的選項「かもしれない／可能、也許」。

《其他選項》

▲ 選項１：「東西飛走」應該往「不好」的方向思考，但是選項１「といい／…就好了」與文意相反，所以不是正確答案。

▲ 選項３：「はずがない／不可能」表示不具有可能性，與本文文意不符，所以不是正確答案。

▲ 選項４：「ことになる／決定」表示這件事已經（於非出自本人意願的情況下）是既成事實了。例如：

・来月から大阪工場で働くことになりました。
從下個月起要到大阪的工廠上班了。

▲ 但是颱風來襲，並不是一定就會把東西吹跑，所以不是正確答案。

＊5. 答案 4

1 試著放進去	2 或許搬進去
3 應該搬進去了	4 最好先搬進去

＊ 解題

▲ 「5 よ／喔」的語尾助詞「よ」可用於告知對方某些訊息的時候。因為颱風要來了，所以公寓的鄰居建議並教我，「部屋の外に置いてあるものを、部屋の中に入れる／把在外面的東西搬到屋內」。

※「（動詞た形）ほうがいい／最好」用於向對方提議或建議的時候。例如：

・朝ご飯はちゃんと食べたほうがいいですよ。
早餐最好吃得營養。

※「（動詞て形）おきます／（事先）做好」用於準備或整理的時候。例如：

・ビールを冷蔵庫に入れておいてください。
請事先把啤酒放進冰箱裡。

・使ったコップは洗っておきます。
把用過的杯子清洗乾淨。

＊6. 答案 3

1 都要飛走了	2 因為似乎會飛走
3 不讓東西飛走	4 讓東西飛走

＊ 解題

▲ 「（動詞辭書形／ない形）ように／為了不」用於表達目的。根據文章的意思，希望「外に出してあるものが飛んでいかない／不讓放在外面的東西飛走」，所以正確答案是選項3。例如：

・子供にも読めるように、ひらがなで書きます。
為了讓孩童易於閱讀，標上平假名。

・風邪をひかないように、部屋を暖かくします。
為了怕感冒，把房間弄暖和。

＊7. 答案 1

1 簡直快裂開了	2 不讓玻璃裂開
3 好像要裂了	4 為了讓玻璃裂開

＊ 解題

▲ 「（動詞ます形）そうだ／簡直…似的」用於表達狀態，形容看到一個情境，覺得好像快要變成某一種狀態了。正確答案是「ガラスが割れそうで／窗戶的玻璃簡直快裂開了」，意思是「（我）覺得窗戶的玻璃好像就要裂開了」，而並非真的裂開了。例如：

・西の空が暗いですね。雨が降りそうです。
西邊天色昏暗，看起來可能會下雨。

・シャツのボタンがとれそうですよ。
襯衫的鈕扣好像要脫落了。

・おなかがすいて、死にそうです。
肚子好餓，簡直就快餓死了。

《其他選項》

▲ 選項2：因為文章裡寫的是「とてもこわかった／我非常害怕」，所以不能選「割れないで／不讓玻璃裂開」。

▲ 選項3：「～らしい／好像…」是表示根據看到或聽到的事實下判斷的用法。例如：

・裕子さんが泣いている。彼氏とけんかしたらしい。
裕子小姐在哭。好像是和男朋友吵架了。

▲ 另外，「～らしい」也可以用於表示傳聞。例如：

・天気予報によると、明日は雨らしい。
根據氣象預報，明天可能會下雨。

▲ 兩種解釋都與題目的文意不符，所以不是正確答案。

▲ 選項4：「（動詞辭書形）ように／為了」用於表達目的。

＊8. 答案 4

1 吹　2 吹　3 讓風吹　4 被風吹

＊解題

▲ 基本句是「木の葉が道に落ちていました／滿地掉的都是被風吹落的樹葉」，而「風に 8 飛んだ／被風吹落」是修飾「木の葉／樹葉」的句子，兩個句子組合起來變成「木の葉が風に 8 飛んだ／樹葉被風吹落」。由於「木の葉」是主語，所以答案應該選「ふく／吹落」的被動形「ふかれる／被吹落」。

▲ →能動形的句子：風吹過，把樹的葉子吹走。（「飛ばす／吹」是「飛ぶ」的他動詞）

06 可能、難易、程度、引用及對象

問題 1

＊1. 答案 3

你知道（有個叫做）《桃太郎》的故事嗎？
1 和　2 就好了
3 有個叫做　4 我覺得

＊解題

▲ 「（名詞）という～／叫做…」用於當說話者或對方不太清楚名稱或者姓名的時候。例如：

・こちらの会社(かいしゃ)に下田(しもだ)さんという方(かた)はいらっしゃいますか。
貴公司是否有一位姓下田的先生？

・『昔(むかし)の遊(あそ)び』という本(ほん)を借(か)りたいのですが。
我想借一本書，書名是《往昔的消遣》。

＊2. 答案 4

請將蔬菜切成（容易）入口的大小。
1 正在　2 好像　3 困難　4 容易

＊解題

▲ 「（動詞ます形）やすい／容易」表示做動詞的動作很簡單。⇔「（動詞ます形）にくい／困難」表示做動詞的動作很困難。例如：

・この本(ほん)は字(じ)が大(おお)きくて、読(よ)みやすい。
這本書字體較大，易於閱讀。

・佐藤先生(さとうせんせい)の授業(じゅぎょう)は、分(わ)かりやすいので人気(にんき)だ。
佐藤老師的講課清楚易懂，所以很受歡迎。

・このお皿(さら)は薄(うす)くて割(わ)れやすいので、気(き)をつけてください。
這枚盤子很薄，容易碎裂，請小心。

《其他選項》

▲ 選項1：「（動詞ます形）ている／正在」表示進行式。

▲ 選項2：「（動詞ます形）そうだ／好像」表示樣態。例如：

・風(かぜ)で木(き)が倒(たお)れそうです。
樹木快被風吹倒了。

▲ 選項3：「（動詞ます形）にくい／困難」表示做動詞的動作很困難。例如：

・この靴(くつ)は、重(おも)くて歩(ある)きにくい。
這雙鞋太重了，不好走。

▲ 由題目的意思判斷，正確答案是選項4。

＊3. 答案 3

（在書店裡）
顧客：「請問有（關於）日本歷史的書嗎？」
店員：「那類書籍陳列在這邊的書架。」
1 為了　2 關於的　3 關於　4 帶上

＊解題

▲ 「（名詞）について／關於」表示敘述的對象。例如：

・家族(かぞく)について、作文(さくぶん)を書(か)きます。
寫一篇關於家人的作文。

・韓国(かんこく)の文化(ぶんか)について調(しら)べています。
蒐集關於韓國文化的資訊。

▲ 題目的句子是以「日本の歴史について書かれた／記載了關於日本歷史的」來修飾「本／

書」。「書かれた／（被）記載了」是被動形。

《其他選項》

▲ 選項２：如果是「日本の歴史についての本／關於日本歷史的書」則為正確的敘述方式。

＊4. 答案 4

走（太久），腳開始痛了。
1 讓　2 容易
3 起來　4 太久（過度）

＊ 解題

▲ 本題要從後半段的「腳開始痛」去推測前句的意思。「（動詞ます形）過ぎる／太…」表示程度正好超過一般水平，達到負面的狀態。例如：

・お酒を飲み過ぎて、頭が痛いです。
由於喝酒過量，而頭痛。

・この問題は中学生には難し過ぎる。
這道題對國中生而言實在太難了。

《其他選項》

▲ 選項１：「歩き／走」（動詞ます形）後面不接「させる／讓…」（動詞「する／做」的使役形）。

※ 如果是用「歩く」的使役被動形「歩かされて／被迫走」則正確。

▲ 選項２：「（動詞ます形）やすい／容易」表示某個行為、動作很容易做。從意思判斷不正確。例如：

・この靴は軽くて、歩きやすい。
這雙鞋很輕，走起來健步如飛。

▲ 選項３：「（動詞ます形）出す／起來」表示開始某個行為。例如：

・犬を見て、子供は泣き出した。
小孩一看到狗就哭了起來。

▲ 雖然走不到幾步路雙腳便感到疼痛的可能性是有的，但最合適的還是選項４的「歩き過ぎて／走太久」。

＊5. 答案 2

（聽）老師（説），高木同學的媽媽是護士。
1 變成　2 聽説　3 光是　4 聽説

＊ 解題

▲ 「～によると／聽説 」表示傳聞（由他人口中聽説）的資訊來源（從誰那裡聽到的）的用法。表示傳聞的句子，句尾應該是「～そうだ／…聽説」。「看護師／護士」為名詞，因此以「看護師です／是護士」的普通形「看護師だ」連接「そうだ」。

※ 表示傳聞的「そうだ」如何接續，請順便學習一下吧！

・天気予報によると台風が来る／来ない／来た／来なかったそうだ…動詞
根據氣象預報，颱風即將登陸／不會登陸／已登陸／並未登陸…動詞

・明日は寒いそうだ…形容詞
據説明天可能會很冷…形容詞

・外出は危険だそうだ…形容動詞
聽説外出會很危險…形容動詞

・午後の天気は晴れだそうだ…名詞
據説下午可能會放晴…名詞

問題 2

＊6. 答案 4

「請容我説明關於曾在電話裡提到的那件事。」
1 提到　2 關於
3 曾　4 的那件事

＊ 解題

▲ 正確語順：お電話でお話したことについてご説明いたします。

▲ 「ついて／關於」的用法是「（名詞）について」，表示對話中談論的對象，因此順序應為「ことについてご説明いたします／來説明關於」。例如：

・この町の歴史について調べます。
調查了這個城鎮的相關歷史。

・アメリカに留学することについて、両親と話しました。
向父母報告了關於赴美留學的事。

▲ 由於句子一開始提到了「お電話で／在電話裡」，因此緊接著應該填入「お話した／提到的那件事」。至於「（名詞）について」的（名詞）的部分則是「お電話でお話したこと／您在電話中提到的那件事」。所以正確的順序是「１→３→４→２」，而☆的部分應填入選項４「ことに／的那件事」。

＊7. 答案 2

（在百貨公司裡）
店員：「請問您在找什麼樣的衣服呢？」
顧客：「我在找可以在家洗的棉質衣服。」
1 洗　　2 X　　3 可以　　4 X

＊ 解題

▲ 正確語順：家で洗濯することができるもめんの服を探しています。

▲ 第一個考慮的排列組合是「洗濯＋できる／洗＋可以」，但這樣其他選項就會剩下「ことが」和「する」。考慮到「洗濯する／洗衣」是個する動詞，應該是表示可能形的用法「（動詞）ことができる／可以」。「家で洗濯することができる／可以在家洗的」的後面應填入「（もめんの）服／（棉質）衣服」。所以正確的順序是「１→４→２→３」，而☆的部分應填入選項２「ことが」。

＊8. 答案 4

A：「你覺得日語的什麼部分學起來很難？」
B：「因為有些詞語對外國人而言不容易發音，我覺得那個部分最難。」
1 詞語　　2 發音　　3 有些　　4 不容易

＊ 解題

▲ 正確語順：外国人には発音しにくい言葉があるので、そこがいちばんむずかしいです。

▲ 「しにくい／不容易」是「する／做」的ます形連接「～にくい」的用法，表示難以做到的事。可以接「する」的詞是「発音／發音」（沒有「言葉がする」的用法），「発音」後應填入「しにくい」。這裡也可以說「発音がしにくい／不容易發音」，但是在「あるので／因為有些」前需要「が」，因此使用する動詞形式「発音する」，再變化成「発音しにくい」。正確的順序是「２→４→１→３」，問題☆的部分應填入選項１「言葉／詞語」。

※「（動詞ます形）にくい」之例。例如：
・新聞の字は小さくて読みにくいです。
報紙的字太小難以閱讀。
・あなたのことはちょっと親に紹介しにくいな。
把你介紹給家人對我而言有些為難。

07 變化、比較、經驗及附帶狀況

問題 1

＊1. 答案 2

王先生不如林先生跑得（那樣地）快。
1 直到　　2 那樣地　3 如果　　4 因為

＊ 解題

▲ 「ＡはＢほど～ない／Ａ不如Ｂ…」表示比較，意思是在「Ａは～ない／Ａ不…」的前提下，將主語Ａ和Ｂ做比較。

▲ 從題目中得知的訊息是林先生跑得快，以及王先生跑得比林先生慢（與林先生速度不同）。例如：
・私は兄ほど勉強ができない。
我不像哥哥那麼會唸書。
・私の育った町は、東京ほど便利じゃありません。
我成長的城鎮沒有東京那麼方便。

＊ 2. 答案 4

一到傍晚，天空的顏色就會（出現變化）。
1 請改變　2 請變化
3 做出改變　4 出現變化

＊ 解題

▲ 由於「空の色／天空的顏色」是主語，因此述語應該選擇自動詞的「変わる／變化」。

▲ 請留意自動詞「変わる」與他動詞「変える／改變」的使用方法。例如：

・彼の言葉を聞いて、彼女の顔色が変わった。
聽完他的話，她臉色都變了。（主語是「彼女の顔色／她的臉色」）

・彼の言葉を聞いて、彼女は顔色を変えた。
聽完他的話，她變了臉色。（主語是「彼女／她」）

▲ 「～ていきます／…下去」表示繼續。例如：

・雪がどんどん積もっていきます。
雪越積越多。

・これからも研究を続けていきます。
往後仍將持續進行研究。

＊ 3. 答案 2

A：「你認識鈴木先生嗎？」
B：「認識。偶爾在電車裡（遇到他）。」
1 不見面也無所謂　2（偶爾）遇到
3 我覺得會見面　4 試著見面

＊ 解題

▲ 「（動詞辭書形）ことがある／偶爾」表示「不是每次都會這樣，但偶爾會這樣」的情況。例如：

・大阪へは新幹線で行きますが、急ぐときは飛行機に乗ることがあります。
去大阪通常乘坐新幹線，但趕時間的時候也偶爾會搭飛機。

・バスは急に止まることがありますから、気をつけてください。
公車有時會緊急煞車，請多加小心。

▲ 選項3：「会うと思います／我覺得會見面」是表示推測、預想的用法，所以不正確。

※「（動詞た形）ことがある／曾經」表示經驗，和「（動詞辭書形）ことがある」的意思不一樣，要多注意！例如：

・私は飛行機に乗ったことがあります。
搭乘過飛機。

＊ 4. 答案 2

還亮著燈（就這樣）睡著了。
1 只有　2 就這樣　3 到　4 才剛

＊ 解題

▲ 「（動詞た形）まま／就這樣」表示持續同一個狀態。例如：

・くつを履いたまま、家に入らないでください。
請不要穿著鞋子走進家門。

・その日、父は家を出たまま、帰らなかった。
那一天，父親離開家，就再也沒回來了。

《其他選項》

▲ 選項1：「だけ／只有」是表示限定的用法。例如：

・休みは日曜日だけです。
只有星期天休假。

▲ 選項3：「まで／到」表示範圍和目的地。例如：

・東京から大阪まで
從東京到大阪

・朝 10 時まで
到早上 10 點為止

・死ぬまで
到死為止

▲ 選項4：「（動詞た形）ばかり／才剛…」表示時間沒過多久。例如：

・さっき来たばかりです。
我才剛到。

・買ったばかりなのに、もう壊れた。
才剛買就壞了。

▲ 如果是「（勉強しようと）電気をつけたばかりなのに、（もう）寝てしまった／（正打算唸書）才剛打開燈，卻（已經）睡著了」則為正確的敘述方式。

＊5. 答案 4

弟弟什麼都（沒吃）就去玩了。
1 吃了的話　2 吃下
3 不吃　4 沒吃

＊ 解題

▲ 「何も／什麼都」後面接否定形。例如：
・私は何も知りません。
我什麼都不知道。
・何も持って来なくていいですよ。
什麼都不用帶，直接來就可以了。

▲ 選項中屬於否定形的有選項３「食べない／不吃」以及選項４「食べずに／沒吃」，但可以連接「遊びに行きました／就去玩了」的只有選項４。選項３如果是「食べないで／沒吃」則為正確的敘述方式。

▲ 「（動詞ない形）ないで／不…」和「（動詞ない形）ずに／不…」語意相同，後面接動詞句，意思是「～しない状態で、～する／不做…的狀態下，做…」。「～ずに／沒…」是書面用語，比「～ないで／沒…」更為拘謹的用法。例如：
・高かったから、何も買わないで帰ってきたよ。
太貴了，所以什麼都沒買就回來了。
・彼女は誰にも相談せずに留学を決めた。
她沒和任何人商量就決定去留學了。

＊6. 答案 4

咖啡和紅茶，你喜歡（哪一種）？
1 非常　2 全部　3 必定　4 哪一種

＊ 解題

▲ 由於句尾是「か」因此可知此句是疑問句。「AとBと、どちらが～か／A跟B哪一種呢」是在兩個選項中選出一項的用法。與「Aですか、それともBですか／是A呢？還是B呢？」意思相同。例如：
・連絡は電話とメールと、どちらがいいですか。
聯繫方式你希望透過電話還是電子信件呢？
・山と海と、どちらに行きたいですか。
山上跟海邊，你想去哪裡呢？

《其他選項》

▲ 選項１：「とても／非常」用於疑問句顯得不夠通順。如果是「私はコーヒーも紅茶もとても好きです／我不管是咖啡還是紅茶都非常喜歡」則為正確表達方式。

▲ 選項２：如題目的「コーヒーと紅茶／咖啡和紅茶」，有兩個選項時，不用「全部／全部」而用「両方／兩邊」或「どちらも／兩個都」。

▲ 選項３：「必ず／必定」用於表達形成某個結果的樣子，無法修飾「好きです／喜歡」。例如：
・先生は毎日必ず宿題を出します。
老師每天都會出家庭作業。
・次は必ず来てくださいね。
下次請務必賞光喔。

問題２

＊7. 答案 3

A：「你曾看過這個人演出的電影嗎？」
B：「十年前看過一次。」
1 X　2 X　3 看過　4 電影

＊ 解題

▲ 正確語順：この人が出た<u>映画を見た</u>ことがありますか。

▲ 因為B說「見ました／看過」，由此可知「えいが」即為「映画／電影」。因為「（動詞た形）ことがあります／曾經」表示經驗，

所以「あります／有」前面應填入「見たことが／曾看過」。例如：

・A：外国に行ったことがありますか。

B：はい、アメリカとドイツに行ったことがあります。

A：你出過國嗎？

B：有，我曾經去過美國和德國。

▲「見たことがあります／曾看過」的目的語（何を／什麼）是「映画を／電影」。「この人が出た／這個人出演」是修飾「映画／電影」的詞句。

▲ 正確的順序是「4→2→3→1」，所以☆的部分應填入選項3「見た／看過」。

＊8. 答案 3

A：「你午餐通常怎麼解決？」
B：「平常都在附近的餐廳吃，不過今天在家做好便當帶來。」
1 做好　2 家　3 在　4 X

＊解題

▲ 正確語順：今日は、お弁当<u>を家で作ってき</u>ました。

▲「おべんとう／便當」後面應該接表示目的語的「を」，「家／家」後面應該接表示場所的「で／在」。「きました／來了」的前面應填入「作って／做」。「（動詞て形）てきます／（去）…來」表示完成某個動作之後再來這裡之意。例如：

・ちょっとジュースを買ってきます。

我去買個飲料回來。

・誰か来たようですね。外を見てきます。

好像有人來了，我去外面看一下。

▲ 正確的順序是「4→2→3→1」，而問題☆的部分應填入選項3「で／在」。

08 行為的開始與結束等

問題 1

＊1. 答案 3

（在電話中）
山田：「喂？你現在在做什麼？」
田中：「我現在（正在）吃午餐。」
1 我認為　2 據説　3 正在　4 照那様

＊解題

▲「（動詞て形）ている＋ところです／正在」表示進行中的動作。例如：

・A：もしもし、今どこですか。

B：今、車でそちらに向かっているところです。

A：喂，你現在在哪裡？

B：現在正開車去你那邊。

・来月結婚するので、今アパートを探しているところです。

下個月就要結婚了，所以目前正在找房子。

《其他選項》

▲ 選項1：「と思います／我認為」表示推測，選項2「（辭書形）そうです／據説」表示傳聞。題目的對話因為田中先生是回答自身的事，所以用推測或傳聞的形式回答顯然不合理。

▲ 選項4：「まま／照那様」則連接た形表示狀態沒有改變。例如：

・スーツを着たまま、寝てしまった。

還穿著西裝就睡著了。

※「（動詞辭書形）ところです／正要」表示馬上要做的動作。例如：

・A：もしもし、今どこですか。

B：まだ家にいます。今、家を出るところです。

A：喂，現在在哪裡？

B：還在家裡。現在正要出門。

※「（動詞た形）ところです／才剛」表示剛做完的動作。例如：

・A：もしもし、今どこですか。
B：まだ家にいます。今、起きたところです。
A：喂，你現在在哪裡？
B：還在家裡。剛剛才起床。

＊2. 答案 1

問了朋友後（得知），沒有任何人認識他。
1 結果　2 既然　3 為了　4 因為

＊ 解題

▲「（動詞た形）ところ、～／結果…」表示做了某個動作之後，得到了某個結果的偶然契機。例如：

・ホテルに電話したところ、週末は予約でいっぱいだと言われた。
打了電話到飯店，結果櫃檯說週末已經預約額滿了。

・急いで部屋に入ったところ、もう全員集まっていた。
我急著衝進房間一看，大家已經全部到齊了。

▲ 動作和結果並沒有直接的因果關係，變成這種狀態純屬偶然。

《其他選項》

▲ 選項2：「なら／既然…」表示條件。例如：

・説明を聞いたなら、答えは分かりますね。
既然聽過說明，就該知道答案了吧！

▲ 選項3、4：選項3「ために／為了」和選項4「から／因為」都是表示原因和理由。

・電車が遅れたために、間に合わなかった。
由於電車誤點，所以沒能趕上。

・あなたが呼んだから来たんですよ。
是你叫我來，我才來的耶！

＊3. 答案 1

A：「在你回來前，我（會先）打掃（完）房間。」
B：「謝謝。」
1 會先（做）完　2 沒有
3 想要　4 請

＊ 解題

▲ 從B的回答「ありがとうございます／謝謝」，來思考A所說的內容。「（動詞て形）ておきます／（事先）做好」表示事先做準備。例如：

・授業の前に、新しいことばを調べておきます。
在上課之前先查好新的生字。

・飲み物は冷蔵庫に入れておきました。
飲料已經放進冰箱裡了。

問題 2

本田先生：

暑熱尚未遠離，闊別後是否一切如昔？

八月那趟旅行承蒙照顧，非常感謝。您帶我到海裡游泳，還帶我搭船，玩得非常開心。由於我家鄉並不靠海，所以您帶我做了各種體驗都是我從來不曾嘗試過的。

我仍然不時回憶起和您一起做我的家鄉菜，並和大家一起享用的情景。

和大家一起拍的紀念照已經洗好了，謹隨信附上。

等待重逢之日的到來。

9月10日
宋・和雅

＊4. 答案 2

1 已經　2 尚未　3 首先　4 如果

＊ 解題

▲ 由於後文有「（ ）～続いています／持續下去」，所以應該填入表示持續的「まだ／還」。例如：

・午後（ごご）は晴（は）れると言（い）っていたのに、まだ降（ふ）っているね。
不是說下午就會放晴，怎麼還在下雨啊！

・まだ食（た）べているの？早（はや）く食（た）べなさい。
你還在吃啊？快點吃。

＊ 5. 答案 4

1 照顧	2 照顧了
3 得到照顧	4 承蒙照顧

＊ 解題

▲ 「お世話になりました／承蒙關照」是固定的說法。意思為「わたしはあなたの世話になった／我承蒙您的關照了」。

▲ 「世話をする／照顧，照料」的例子：每天早上都先照料好小狗才去上學。

＊ 6. 答案 2

1 讓我搭乘	2 搭乘或者
3 只有搭乘	4 為了搭乘

＊ 解題

▲ 這裡使用「～たり、～たり（して）／又是…又是…」這一句型。因此與「海で泳いだり／又是在海裡游泳」相呼應的是「船に乗ったり／又是坐船」。表達「わたしは、楽しかったです／我很開心」開心相關的內容則用句型「～たり、～たり（して）」進行說明。

＊ 7. 答案 3

1 如果回憶起	2 若是回憶起
3 回憶起	4 被回憶起

＊ 解題

▲ 前後文為「ときどき～います／不時」，因此從語意考量應該使用表示狀態的「～ています／表狀態」。即選項3的「思い出して／回憶起」或選項4的「思い出されて／被回憶起」。由於前文提到「～みんなで食べたことを／大家一起享用」，因此主動語態的「思い出して」為正確答案。

《其他選項》

▲ 選項1、2：選項1的「思い出すなら／如果回憶起」與選項2的「思い出したら／想到的話」無法連接「います」。

▲ 選項4：若是「みんなで食べたことが思い出されます／想起大家一起享用的往事」則正確。

＊ 8. 答案 3

1 X	2 請讓我附上
3 附上	4 請附上

＊ 解題

▲ 句型「お（動詞ます形）します／我為您做…」。「お送りします／附上」是「送ります」的尊敬表現。例如：

・お荷物（にもつ）をお持（も）ちします。
讓我來幫您提行李。

・A：これはいくらですか。
B：ただいま、お調（しら）べしますので、お待（ま）ちください。
A：這要多少錢？
B：現在立刻為您查詢，敬請稍候。

09 理由、目的及並列

問題 1

＊ 1. 答案 1

（因為）佐藤小姐很親切，所以被大家喜愛。

1 因為　2 之前　3 雖然　4 為了

＊ 解題

▲ 應填入表示原因或理由的助詞「ので／因為」。

《其他選項》

▲ 選項３：「けど／雖然」是表達反論的口語說法。

▲ 選項４：「ように／為了」的使用方法：

・みんなに聞こえるように大きな声で話します。
提高聲量以便讓大家聽清楚。（表目的）

・日本語が話せるようになりました。
日語已經講得很流利了。（表狀況的變化）

・健康のために野菜を食べるようにしています。
為了健康而盡量多吃蔬菜。（表習慣、努力。）

＊ 2. 答案 3

（為了）上大學而拚命用功讀書。
1 正當…的時候　2 可是
3 為了　4 由…來判斷

＊ 解題

▲ 本題要選表示目的「ために／為了」。「ために」的前面要用表示意志的動詞。例如：

・大会で優勝するために、毎日練習しています。
為了在大賽中獲勝，每天勤於練習。

・論文を書くために、資料を集めます。
為了寫論文而蒐集資料。

《其他選項》

▲ 選項１：（現在）正在（去大學的路上）。

▲ 選項２：「けれど／可是」是逆接的口語用法。例如：

・私は行ったけれど、彼は来なかった。
雖然我去了，他卻沒來。

▲ 選項４：「から／因為」用於表示理由。

＊ 3. 答案 1

（又）吃了壽司，（又）吃了蛋糕。
1 又　2 即使　3 也　4 或

＊ 解題

▲ 以表示並列的「〜し／又…又…」為正確答案。要將如「Ａです。そしてＢです／是Ａ。而且是Ｂ」兩個句子，結合成一個句子時，要用「Ａ（だ）し、Ｂ／又Ａ又Ｂ」的形式。例如：

・あの店はおいしいし、安い。
那家店不但餐點美味，價格也便宜。

▲ 題目中的「（名詞）も〜し、（名詞）も／（名詞）又…，（名詞）又…」句型，用於並列相同性質的事物時。例如：

・お金もないし、おなかもすいた。
不但沒錢，而且肚子也餓了。

《其他選項》

▲ 選項３：「も／也」，以及選項４的「や／或」都要連接名詞。例如：

・おすしもケーキも食べた。
不僅吃了壽司，還吃了蛋糕。（用在表示吃了許多之時）

▲ →和題目意思幾乎相同。例如：

・おすしやケーキを食べた。
吃了壽司和蛋糕等。（用在說明吃了些什麼之時）

＊ 4. 答案 2

任何運動哥哥（都）會。
1 都　2 無論　3 只有　4 大約

＊ 解題

▲ 「どんな（名詞）でもＡ／無論什麼（名詞）都Ａ」表示「全部の（名詞）がＡである／全部的（名詞）都是Ａ」的意思。例如：

・彼女は、どんな時でも笑っている。
她無論任何時候總是笑臉迎人。

・どんな客でも大切な客だ。
無論是什麼樣的客人都是我們重要的顧客。

※「疑問詞＋でも／無論」表示「全部的…」的意思。例如：

・希望者は誰でも入会できます。
志願參加的人，不管是誰都可以入會。

・ドラえもんの「どこでもドア」を知っていますか。
你知道哆啦 A 夢的「任意門」嗎？

＊5. 答案 1

有紅的啦、綠的（啦）等等各種顏色的衣服。
1 …啦　2 無論　3 因為　4 在…也

＊ 解題

▲「～とか～とか／…啦…啦」是表示列舉的用法。意指雖然還有其他，但在此舉出主要的事物。和「～や～など／…或…等」意思相同，而「～とか～とか」是較口語的說法。例如：

・この学校には、アメリカとかフランスとか、いろんな国の留学生がいる。
這所學校有來自美國啦，法國啦等世界各國的留學生。

・この街には、果物とか魚とか、おいしいものがたくさんありますよ。
這條街上賣著許多水果啦、魚啦等等美食喔。

＊6. 答案 1

A：「你鋼琴彈得真好呀！」
B：「因為每天練習，（才能練到現在）得心應手（的彈奏程度）。」
1 才能練到現在…的彈奏程度　2 X
3 也許會彈　4 幫我彈

＊ 解題

▲「（動詞・可能動詞辭書形）ようになる／變得…」，表示狀況、能力、習慣等的變化。例如：

・女の子は病気が治って、よく笑うようになった。
女孩的病痊癒之後，笑容變得比以往多了。

・日本に来て、刺身が食べられるようになりました。
來到日本之後，變得敢吃生魚片了。

※「（動詞ない形）なくなる／變得不…」也是一樣的用法。例如：

・女の子は病気になってから、笑わなくなった。
自從女孩生病之後，臉上就失去了笑容。

・最近、年のせいか、あまり食べられなくなった。
大概是年齡的關係，最近食慾變得比較差了。

《其他選項》

▲ 選項 2：「（動詞・可能動詞辭書形／ない形）ようにする／儘量…」表示謹慎小心，努力養成習慣的用法。例如：

・毎朝一時間くらい歩くようにしています。
我現在每天早上固定走一個小時左右的路。

・お酒は飲み過ぎないようにしましょう。
請勿飲酒過量。

問題 2

＊7. 答案 4

A：「我將在音樂會演奏鋼琴，你願意來聽嗎？」
B：「不好意思，我有事所以沒辦法去。」
1 X　2 事情　3 所以　4 有

＊ 解題

▲ 正確語順：すみません。用があるので行けません。

▲ B 回答「すみません／不好意思」，所以這之後應說明無法去演唱會的理由。表示理由的助詞「ので／所以」應填入「行けません／沒辦法去」之前，變成「～ので、行けません／因為…所以沒辦法去」。「～」的部分則填入理由「用がある（ので）／（因為）有事」，所以正確的順序是「2→1→4→3」，而☆的部分應填入選項 4「ある／有」。

＊8. 答案 2

「您好，敝姓上田。家父目前外出，回來以後必定轉告他回電。」
1 必定　2 轉告　3 做好　4 回電

＊解題

▲ 正確語順：もどりましたらこちらからお電話するように伝えておきます。

▲ 從父親不在家，有人致電給父親，這時該如何回應來看。可以得知問題部分的內容是「（こちらから）電話することを（父に）伝える／轉告（父親）（從這邊）打電話過去」。「（動詞辭書形・ない形）ように（言います・伝えます等）／（動詞辭書形・否定形）要，會（告知，轉達）」用在表達指示、命令時。例如：

・木村さんに、明日はゆっくり休むように伝えてください。
請轉告木村先生，明天在家裡好好休息。

・医者は佐藤さんに、お酒を飲まないように言いました。
醫生叫佐藤先生盡量別再喝酒了。

▲ 排列完「お電話するようにつたえて／必定轉告他回電」這些選項之後，再將「おきます／（事先）做好…」接在「つたえて／轉告」後面。

▲「（動詞て形）ておきます／（事先）做好…」表示事先準備。例如：

・使ったお皿は洗っておきます。
使用過的盤子先洗乾淨。

・明日までにこれを 20 部印刷しておいてください。
這份資料明天之前先拷貝好 20 份。

▲ 正確的順序是「4 → 1 → 2 → 3」，而問題☆的部分應填入選項 2「つたえて／轉告」。

10 條件、順接及逆接

問題 1

＊1. 答案 4

無論是誰（只要）練習就可以做到。
1 才剛　2 但是　3 如果　4 只要

＊解題

▲ 表示條件的助詞用「ば／只要…的話」。「Aば、B／如果 A 的話，B」，表示 A 是 B 成立的必要條件。題目中「練習する／練習」和「できるようになる／可以做到」兩句的關係是「為了可以做到，練習是必須的」。例如：

・春になれば、桜が咲きます。
只要到了春天，櫻花就會盛開。

・雨が降れば、旅行は中止です。
假如下雨，就取消旅行。

・このボタンを押せば、おつりが出ますよ。
只要按下這顆按鈕，找零就會掉出來喔。

※「だれでも／無論是誰」指的是任何人全部都是。「疑問詞＋でも／無論」用於表示統統包括在內，沒有例外。例如：

・いつでも遊びにきてください。
歡迎隨時來玩。

・父は、妹の言うことは何でもきく。
爸爸對妹妹所說的話一向言聽計從。

＊2. 答案 1

（明明）有可愛的衣服，卻因為太貴了而沒有買。
1 明明　2 因為　3 只有　4 由於

＊解題

▲ 因為「かわいい服がありました／有可愛的衣服」與「買えませんでした／沒有買」這兩句話的意思是相互對立的，所以應該選逆接助詞「のに／明明」。例如：

・薬を飲んだのに、熱が下がりません。
藥都已經吃了，高燒還是沒退。

・タクシーで行ったのに、パーティーに間に合いませんでした。
我都已經搭計程車去了，還是趕不上派對。

※ 當後半段的句子是「買いました／買了」的時候，則用順接助詞「ので／因為」來表示原因或理由。例如：

・かわいい服があったので、買いました。
看到可愛的衣服就買了。

・薬を飲んだので、熱が下がりました。
吃了藥以後，高燒就退了。

＊ 3. 答案 4

早上起床（一看），已經 11 點了。
1 若是　　2 如果　　3 即使　　4 一看

＊ 解題

▲「（動詞た形）たら、～た／一…，才發現」的句型可用於表達做了前項動詞的行為之後，發現了「～」這件事的意思。通常用來表示驚訝的意思。例如：

・カーテンを開けたら、外は雪だった。
一拉開窗簾，原來外面下雪了。

・会場に着いたら、コンサートはもう始まっていました。
一抵達會場，發現音樂會已經開始了。

※「（動詞辭書形）と、～た／一…就」也是相同的意思。

＊ 4. 答案 1

鈴聲（一響）請停筆。
1 一響　　2 響了就
3 如果正在響的話　　4 一響就

＊ 解題

▲「ベルが鳴る／鈴聲一響」→「書くのをやめる／停筆」是表示條件的句子。

▲ 選項中表示條件的用法有選項 1「鳴ったら／一響」和選項 4「鳴ると／一響就」，但是「～と／一…就」無法表現說話者的意志或請託。例如：

・春になったら、旅行しよう。
（× 春になると、旅行しよう。）
要是到了春天，就去旅行吧。
（× 一到春天就去旅行。）

・疲れたら、休んでください。
（× 疲れると、休んでください。）
如話累了的話，就休息吧。
（× 一累就休息。）

▲ 也請學習「と／一…就」的使用方法。例如：

・春になると、桜が咲きます。
每逢春天，櫻花盛開。

・疲れると、頭が痛くなります。
一疲勞頭就痛。

＊ 5. 答案 1

A：「請問派出所在哪裡呢？」
B：「在那個轉角右轉（後），派出所（就）在左側。」
1 後…就（完成…之後，即可…）
2 X　　3 也　　4 X

＊ 解題

▲ 句型「（動詞①辭書形）と、動詞②／只要、一旦（動詞①），就會（動詞②）」，表示在動詞①之後，必定會發生動詞②的情況。例如：

・春になると、桜が咲きます。
每逢春天，櫻花就會盛開。

・このボタンを押すと、お釣りが出ます。
只要按下這顆按鈕，找零就會掉出來。

問題 2

＊ 6. 答案 3

A：「如果要變成動物，你希望變成什麼呢？」
B：「我想變成貓。」
1 希望　　2 變成　　3 變成什麼　　4 要

＊ 解題

▲ 正確語順：もし動物になるなら何になりたいですか。

▲ 因為句子一開始有「もし／如果」，可以想見應該是「もし～なら／如果的話」的條件句型。由於沒有「なる＋ですか」的用法，所以句末的「ですか／嗎」之前應填入「なりたい＋ですか／想變成＋嗎」。「もし動物に～なら／如果…動物的話」的「～」應填入「なる／變成」成為「もし動物になるなら／如果變成動物的話」，而之後則填入疑問詞「何に／哪種」變成「何になりたいですか／想變成哪種呢」。所以正確的順序是「２→４→３→１」，而☆的部分應填入選項３「何に／什麼」。

＊ 7. 答案 4

（在車站內）
A:「我想去新宿，該從哪裡搭車才好呢？」
B:「請從對面的三號月台搭乘。」

1 三號月台　　2 搭乘
3 對面的　　4 從

＊ 解題

▲ 正確語順：むこうの３番線からお乗りください。

▲ 因為被詢問「どこから電車に乗ればよいですか／該從哪裡搭車才好呢」，所以可以推測回答應該是「（場所）から乗ります／從（場所）搭乘」或「（場所）から乗ってください／請從（場所）搭乘」。由於句尾是「ください／請」，因此可知要用敬語的「お乗りください／請搭乘」。「から／從」前應填入表示場所的名詞，所以是「むこうの３番線から／從對面的三號月台」。因此正確的順序是「３→１→４→２」，而☆的部分應填入選項４「から／從」。

＊ 8. 答案 4

中村：「本田先生，明天的音樂會要在哪裡集合呢？」
本田：「六點在會場的櫃台處集合如何？」

1 櫃台　　2 集合的話
3 會場的　　4 在…處

＊ 解題

▲ 正確語順：６時に会場の受付けのところに集まったらどうでしょう。

▲ 本題要回答「どこに集まりますか／在哪裡集合」，而述語也已經確定是「どうでしょう／如何」了。另外，可以用「（動詞た形）たらどうですか／如何呢」的句子表示提議。例如：

・今日は雨ですよ。買い物は明日にしたらどうですか。
今天下雨喔，東西要不要明天再買呢？

▲ 而本題的句尾使用的是「～たらどうですか／…如何呢」意思相同的「～たらどうでしょう／…如何呢」。

▲ 「（場所）に集まる／在（場所）集合」用來表示場所，所以是「～ところに集まったら／在…集合的話呢」。而剩下的選項「うけつけの／櫃臺」和「会場の／會場的」，可知會場中有一個櫃臺（會場＞櫃臺），因此變成「会場のうけつけのところに／在會場的櫃台處」。所以正確的順序是「３→１→４→２」，而☆的部分應填入選項４「ところに／在…處」。

11 授受表現

問題 1

＊ 1. 答案 2

（承蒙）老師指導了我不懂的問題。

1 給了　　2 承蒙　　3 做了　　4 獻給了

＊ 解題

▲ 主語「私は／我」被省略了。完整的句子是「私は先生に～を教えてもらいました／請老師教我…」。「もらいます／接受」的謙

讓語是「いただきます／接受」。

《其他選項》

▲ 選項1：「くださいます／為我（做）」是「くれます／為我（做）」的尊敬語。例如：

・先生は私に漢字を教えてくださいました。
承蒙老師教了我漢字。

▲ 選項2：「いたします／做」是「します／做」的謙讓語。例如：

・試験結果は明日発表いたします。
考試的結果將於明天公布。

▲ 選項3：「差し上げます／獻給」是「あげます／給」的謙讓語。例如：

・先生にお茶を差し上げました。
為老師送上一杯茶了。

＊2. 答案 4

佐藤同學將傘借給了我。
1 在　2 和　3 或　4 ×

＊ 解題

▲ 因為述語是「〜てくれました／（為我）做…」，由此可知主語不是「私／我」而是「佐藤君／佐藤同學」。表示主語的助詞是「が」。而題目中的目的語（私に／為我）則被省略了。

▲ →請順便學習「〜てくれる／給」和「〜てもらう／得到」的用法吧。例如：

・父が（私に）時計を買ってくれました。
爸爸買了手錶（給我）。

・（私は）父に時計を買ってもらいました。
（我）請爸爸（幫我）買了手錶。

＊3. 答案 3

老師教（給了我）寫作文的方法。
1 承蒙　2 獻給了　3 給了　4 做了

＊ 解題

▲ 選項1：「いただきました／承蒙」是「もらいました／接受了」的謙讓語。選項2：「さしあげました／獻給了」是「あげました／給了」的謙讓語。選項3：「くださいました／給了」是「くれました／給了」的謙讓語。選項4：「なさいました／做了」是「しました／做了」的尊敬語。

▲ 題目的主語是「先生／老師」，所以選擇選項3的「くださいました」。

《其他選項》

▲ 選項1：（老師教我…）承蒙。

▲ 選項2：（我告訴老師關於我的國家的事情）給了。

▲ 選項4：（老師向我打了招呼）做了。

＊4. 答案 3

我把不需要的書（給了）李先生。
1 給我了　2 給我了　3 給了　4 做了

＊ 解題

▲ 接在「私は李さんに／我把…李先生」之後的應該是「あげました／給了」。

《其他選項》

▲ 選項1：（李先生）給了（我）。

▲ 選項2：「くださいました／給我了」是「くれました／給我了」的謙讓用法。

▲ 選項4：「いたしました／做了」是「しました／做了」的謙讓用法。「本をしました／做了書」的語意並不通順。

＊5. 答案 1

做完作業了，所以（陪了）弟弟一起玩。
1 陪了　2 給了我　3 讓他做了　4 接受

＊ 解題

▲ 主語「私は／我」被省略了。「私は弟と遊んで（　）／我跟弟弟一起玩」後面應該接

「やりました／陪了」。例如：

・弟の入学祝いにかばんを買ってやりました。
我買了包包送給弟弟作為入學賀禮。

《其他選項》

▲ 選項２：句型「くれました／給了我」的主語是其他人而不是自己。例如：

・父は私に時計を買ってくれました。
爸爸買了手錶給我。

▲ 選項３：「させました／讓他做了」是「しました／做了」的使役形。例如：

・お母さんは子供に掃除をさせました。
媽媽囑咐了孩子幫忙打掃。

▲ 選項４：「もらいなさい／接受」是「もらいます／收下」的命令形。父母告訴孩子「勉強が分からないときは、先生に教えてもらいなさい／課業有不懂的地方，就去請教老師」，這句話裡教導的人是老師，而得到指導的是孩子。

＊6. 答案 4

（收到）她送的禮物。
1 給了我　2 給我　3 做了　4 收到了

＊解題

▲「彼女から／從她那裡」前面省略了主語「私は／我」。而禮物則是以「彼女から私へ／從她到我」的方向移動。由此可知是我收到了禮物。

＊7. 答案 3

（送給了）叔叔京都的土產。
1 讓對方給了　2 給了
3 獻給了　4 是

＊解題

▲「おじに／給叔叔」前面省略了主語「私は／我」。在授受表現中以「私」為主語的有「あげます／給」或「もらいます／接受」。

▲ 選項３的「さしあげました／獻給了」是「あげました」的謙讓語。

《其他選項》

▲ 選項１：「あげさせます／讓…給」可以假設是「あげます／給」的使役形，但不成文章，無此用法。

▲ 選項２：「くださいます／給」是「くれます／給」的敬語說法。「くれます」的主語不是「私／我」而是他人。例如：老師給了我書。

▲ 選項４：「ございます／有，是」是「あります／有」或「です／是」的鄭重說法。

※「おじ」的漢字是「伯父」或「叔父」。

※「彼女からプレゼントをもらいました／從她那裡收到了禮物」中的「から／從」是「AからBへ／從A到B」的用法，由此可知東西是以「她→我」的方向移動。因此，「彼女からプレゼントを」的後面一定是接「もらう／收到」。對此，「おじに／給叔叔」的「に」可能是「AはBにもらう／A從B處得到」也可能是「AはBにあげる／A送給B」，兩者皆無法確定東西的移動方向。

問題２

＊8. 答案 2

小川：「我準備下周一搬家。」
竹田：「星期一沒課，我去幫忙吧！」
1 ×　2 幫忙　3 我　4 給…吧

＊解題

▲ 正確語順：月曜日は授業がないので、<u>わたしが手伝ってあげましょう</u>。

▲ 主語「わたし／我」的助詞要用「が」。從選項可知句尾是「あげましょう／給…吧」，因此在這之前應填入「てつだって／幫忙」。「（動詞て形）てあげます／（為他人）做…」用於表達自己想為對方做某件事。例如：

・友達と仲良く遊べたら、お菓子を買ってあげよう。
如果你可以和朋友相親相愛一起玩耍，就給你買糖果喔。

▲ 正確的順序是「3→1→2→4」，所以☆的部分應填入選項2「てつだって／幫忙」。

※「～てあげます／（為他人）做…」是上位者對下位者的表述方式，聽起來讓人感到失禮。

・×「先生、私がかばんを持ってあげます。」
〇「先生、私がかばんをお持ちします。」
×「老師，我給你拿公事包吧。」
〇「老師，讓我來為您拿公事包。」

＊9. 答案 1

A：「我將在音樂會演奏鋼琴。您可以來聽嗎？」
B：「不好意思。因為有事所以我無法前往。」
1 前來　　2 聽
3 能否請您…呢　　4 ×

＊解題

▲ 正確語順：コンサートでピアノをひきます。聞きにきていただけますか。

▲ 從選項可以知道句尾是「いただけますか／能否…呢」，因此在這之前應填入「きて／前來」。「聞き／聽」後面應該接表示目的的助詞「に」因此，「きていただけますか／能否來呢」之前應填入「聞きに／聽」。

▲ 正確的順序是「2→4→1→3」，所以☆的部分應填入選項1「きて」。

▲「（動詞て形）いただけますか／能否請您…呢」用在請求身份、地位、年齡都高的對方為自己做某事的時候。

※ 跟用在肯定句中表示意志的「いただきます」（承蒙、拜領）比較，「いただけますか」是用在疑問句中表示能否。

12 被動、使役、使役被動及敬語

問題 1

＊1. 答案 2

明天，考試將在學校（被舉行）。（亦即：明天將有考試在學校舉行。）
1 舉行　　2 被舉行　3 舉行了　4 舉行

＊解題

▲ 正確答案是「行う／舉行」的被動形「行われる／被舉行」。題目的主語是「試験／考試」。以這一題來說，舉行考試的雖然是「先生／老師」，但由於這項訊息並不重要，因此將「試験」視為主語，而動詞則用被動形來表示。例如：

・東京で国際会議が開かれます。
將在東京舉行國際會議。

・関東地方で大雨注意報が出されました。
關東地區發佈大雨特報。

・このお寺は、今から1300年前に建てられました。
這座寺院是距今1300年前落成的。

《其他選項》

▲ 選項1：若題目不是「試験が」而是「試験を」，「行います／舉行」則為正確答案。此時的主語是「私／我」或「先生／老師」等舉行考試的人。這種情形的主語通常也會被省略。

※ 請參照下面的解說。
寫被動形的句子時，請注意助詞的變化！例如：

・明日、先生は試験を行います。
→明日、試験が行われます。（受身形）
明天老師將要舉行考試。
→明天考試將會被舉行。（被動形）

・学者は新しい星を発見しました。
→新しい星が発見されました。
研究學家發現了新的星球。
→新的星球被發現了。

＊ 2. 答案 2

媽媽（要求了）孩子打掃房間。

1 做了　　2 要求了
3 被做了　　4 已經在做了

＊ 解題

▲ 由於句中提到「母が子どもに／媽媽要求了孩子」，應該想到使役形的句子，所以選擇「します／做」的使役形「させます／要求做」。

■使役形的句子

使役形的句子用於表達使別人動作的人（下述例子中的媽媽）和實際動作的人（下述例子中的小孩）的行動。

請注意使役形的句子所使用助詞的不同。

他動詞的例子：

・母は子に掃除をさせます。
媽媽叫孩子打掃。（「します／做」是他動詞）

自動詞的例子：

・母は子を学校へ行かせます。
媽媽讓孩子去上學。（「行きます／去」是自動詞）

＊ 3. 答案 4

請讓我拜讀老師（所撰寫）的書。

1 撰寫了　2 不撰寫　3 撰寫　4 所撰寫

＊ 解題

▲ 用「お（動詞ます形）になる／您做…」表示尊敬。例如：

・先生はもうお帰りになりました。
老師已經回家了。

・何時にお出かけになりますか。
您何時出門呢？

＊ 4. 答案 3

校長正要致詞，所以請保持安靜。

1 做了　2 做吧　3 您做　4 做的話

＊ 解題

▲ 「される／您做」是「する／做」的尊敬形。

《其他選項》

▲ 選項1：從「静かにしましょう／保持安靜」知道要求學生注意的時間點是在「現在」，由此可知校長的演講現在才正要開始。但「した／做了」為過去式所以不正確。

▲ 選項2、4：選項2「しよう／做吧」跟選項4「すれば／做的話」的後面都不能接「ので／所以」。

＊ 5. 答案 4

（請）坐在這裡。

1 您做　2 做　3 做　4 請

＊ 解題

▲ 「お（動詞ます形）ください／請」是「（動詞て形）てください／請…」的尊敬表現。

▲ 因為題目有「どうぞ／請」，由此可知是用於向對方搭話的時候。例如：

・どうぞお入りください。
請進。（表達「請進入房間裡」時）

・楽しい夏休みをお過ごしください。
祝您有個愉快的暑假！

《其他選項》

▲ 選項1：「お（動詞ます形）になる／您做…」是動詞的尊敬用法。例如：

・これは先生がお書きになった本です。
這是老師所撰寫的書。

▲ 選項2：「いたす／做」是「する／做」的謙讓語。

▲ 選項3：「お（動詞ます形）します／我為您做…」是動詞的謙讓用法。例如：

・お荷物は私がお持ちします。
讓我來幫您提行李。

＊ 6. 答案 3

（請由）我來為您説明關於電腦的使用方式。
1 是　　2 請做　　3 請由　　4 給

＊ 解題

▲「ご（する動詞的語幹）いたします／我為您做…」是謙遜用法，比「ご（する動詞的語幹）します／我為你做」的語氣更為謙卑。例如：

・私が館内をご案内いたします。
我來帶您參觀館內。

・資料はこちらでご用意いたします。
我來幫您準備資料。

《其他選項》

▲ 選項 1：「ございます／是」為「です／是」的丁寧語。主語是「私が／我」述語是「説明です／説明」的句子，並不適用這種變化。

▲ 選項 2：「なさいます／請做」是「します／做」的尊敬形。由於主語是「私」，所以不能用尊敬形。

▲ 選項 4：「くださいます／給」是「くれます／給」的尊敬形。

問題 2

＊ 7. 答案 2

（在百貨公司裡）
「先生，這件襯衫似乎有點小，要不要我另外拿一件大一點的給您呢？」
1 要不要　　2 拿
3 大　　4 的（襯衫）

＊ 解題

▲ 正確語順：もう少し大きいものをお持ちしましょうか。

▲「お（動詞ます形）します」是謙讓用法。「お持ちしましょう／幫您拿來」為「持ってきましょう」的謙讓形。

▲ 要拿來的是「（もう少し）大きいもの／（稍微）大一點的」，因此可知「もの／東西」意指「シャツ／襯衫」。正確的順序是「3→4→2→1」，問題☆的部分應填入選項 2「お持ち／拿」。

※「お持ちします」一般是當「持ちます」的謙讓形使用，但在本題是「持ってきます／拿來」的意思。以下例句為「持って行きます／拿過去」的意思。例如：

・資料は明日、私がそちらにお持ちします。
資料我明天會幫您拿過去。

＊ 8. 答案 3

學生：「日本的米是在哪裡種出來的呢？」
老師：「從九州到北海道，到處都產米。」
1 X　　2 哪裡　　3 種出來的　　4 在

＊ 解題

▲ 正確語順：日本のお米はどこで作られているのですか。

▲ 從老師的回答可以得知對方是在詢問稻米的產地。句首是疑問詞「どこ／哪裡」，後面要接上表示場所的助詞「で／在」，而述語是被動形的「作られて／中出來的」。所以正確的順序是「2→4→3→1」，而☆的部分應填入選項 3「作られ／種出來的」。

※ 當主語是非生物時需用被動語態的例句：

・このビールは北海道で作られています。
這是北海道所釀製的啤酒。

・このお寺は 400 年前に建てられました。
這座寺院是距今 400 年前建造而成的。

Index

索引

Index 索引

あ

い

お

か

く

け

こ

さ

し

す

そ

た

ち

つ

て

と

な

に

の

は

ま

め

も

や

よ

ら

MEMO

絕對合格 全攻略！
新制日檢！
N4必背必出文法（20K+MP3）

絕對合格 12

● 發行人 林德勝
● 著者 吉松由美・西村惠子・大山和佳子・山田社日檢題庫小組
● 出版發行 山田社文化事業有限公司
地址 臺北市大安區安和路一段112巷17號7樓
電話 02-2755-7622 02-2755-7628
傳真 02-2700-1887
● 郵政劃撥 19867160號 大原文化事業有限公司
● 總經銷 聯合發行股份有限公司
地址 新北市新店區寶橋路235巷6弄6號2樓
電話 02-2917-8022
傳真 02-2915-6275
● 印刷 上鎰數位科技印刷有限公司
● 法律顧問 林長振法律事務所 林長振律師
● 定價+MP3 新台幣340元
● 初版 2019年 10 月

© ISBN : 978-986-246-559-2

N4 JLPT

STS
山田社

STS
山田社

STS
山田社

STS
山田社

STS
山田社

STS

山田社